GRöLS Verlage

„BÜCHER SIND WIE FALLSCHIRME. SIE NÜTZEN UNS NICHTS, WENN WIR SIE NICHT ÖFFNEN."

**Gröls Verlag**

## Redaktionelle Hinweise und Impressum

Das vorliegende Werk wurde zugunsten der Authentizität sehr zurückhaltend bearbeitet. So wurden etwa ursprüngliche Rechtschreibfehler *nicht* systematisch behoben, denn kleine Unvollkommenheiten machen das Buch – wie im Übrigen den Menschen – erst authentisch. Mitunter wurden jedoch zum Beispiel Absätze behutsam neu getrennt, um den Lesefluss zu erleichtern.

Um die Texte zu rekonstruieren, werden antiquarische Bücher von Lesegeräten gescannt und dann durch eine Software lesbar gemacht. Der so entstandene Text wird von Menschen gegengelesen und korrigiert – hierbei treten auch Fehler auf. Wenn Sie ebenfalls antiquarische Texte einreichen möchten, finden Sie weitere Informationen auf www.groels.de

Viel Freude bei der Lektüre wünscht Ihnen das Team des Gröls-Verlags.

**Adressen**

Verleger: Sophia Gröls, Im Borngrund 26, 61440 Oberursel

Externer Dienstleister für Distribution & Herstellung: BoD, In de Tarpen 42, 22848 Norderstedt

**Unsere „Edition | Werke der Weltliteratur“** hat den Anspruch, eine der größten und vollständigsten Sammlungen klassischer Literatur in deutscher Sprache zu sein. Nach und nach versammeln wir hier nicht nur die „üblichen Verdächtigen“ von Goethe bis Schiller, sondern auch Kleinode der vergangenen Jahrhunderte, die – zu Unrecht – drohen, in Vergessenheit zu geraten. Wir kultivieren und kuratieren damit einen der wertvollsten Bereiche der abendländischen Kultur. Kleine Auswahl:

**Francis Bacon** • Neues Organon • **Balzac** • Glanz und Elend der Kurtisanen • **Joachim H. Campe** • Robinson der Jüngere • **Dante Alighieri** • Die Göttliche Komödie • **Daniel Defoe** • Robinson Crusoe • **Charles Dickens** • Oliver Twist • **Denis Diderot** • Jacques der Fatalist • **Fjodor Dostojewski** • Schuld und Sühne • **Arthur Conan Doyle** • Der Hund von Baskerville • **Marie von Ebner-Eschenbach** • Das Gemeindekind • **Elisabeth von Österreich** • Das Poetische Tagebuch • **Friedrich Engels** • Die Lage der arbeitenden Klasse • **Ludwig Feuerbach** • Das Wesen des Christentums • **Johann G. Fichte** • Reden an die deutsche Nation • **Fitzgerald** • Zärtlich ist die Nacht • **Flaubert** • Madame Bovary • **Gorch Fock** • Seefahrt ist not! • **Theodor Fontane** • Effi Briest • **Robert Musil** • Über die Dummheit • **Edgar Wallace** • Der Frosch mit der Maske • **Jakob Wassermann** • Der Fall Maurizius • **Oscar Wilde** • Das Bildnis des Dorian Grey • **Émile Zola** • Germinal • **Stefan Zweig** • Schachnovelle • **Hugo von Hofmannsthal** • Der Tor und der Tod • **Anton Tschechow** • Ein Heiratsantrag • **Arthur Schnitzler** • Reigen • **Friedrich Schiller** • Kabale und Liebe • **Nicolo Machiavelli** • Der Fürst • **Gotthold E. Lessing** • Nathan der Weise • **Augustinus** • Die Bekenntnisse des heiligen Augustinus • **Marcus Aurelius** • Selbstbetrachtungen • **Charles Baudelaire** • Die Blumen des Bösen • **Harriett Stowe** • Onkel Toms Hütte • **Walter Benjamin** • Deutsche Menschen • **Hugo Bettauer** • Die Stadt ohne Juden • **Lewis Caroll** • *und viele mehr….*

# Joseph Roth

# Die Flucht ohne Ende

# Ein Bericht

## Inhalt

## Vorwort

Im folgenden erzähle ich die Geschichte meines Freundes, Kameraden und Gesinnungsgenossen Franz Tunda.

Ich folge zum Teil seinen Aufzeichnungen, zum Teil seinen Erzählungen.

Ich habe nichts erfunden, nichts komponiert. Es handelt sich nicht mehr darum, zu „dichten". Das wichtigste ist das Beobachtete. –

Paris, im März 1927

Joseph Roth

## I

Der Oberleutnant der österreichischen Armee Franz Tunda geriet im August des Jahres 1916 in russische Kriegsgefangenschaft. Er kam in ein Lager, einige Werst nordöstlich von Irkutsk. Es gelang ihm, mit Hilfe eines sibirischen Polen zu fliehen. Auf dem entfernten, einsamen und traurigen Gehöft des Polen, am Rande der Taiga, blieb der Offizier bis zum Frühling 1919.

Waldläufer kehrten bei dem Polen ein, Bärenjäger und Pelzhändler. Tunda hatte keine Verfolgung zu fürchten. Niemand kannte ihn. Er war der Sohn eines österreichischen Majors und einer polnischen Jüdin, in einer kleinen Stadt Galiziens, dem Garnisonsort seines Vaters, geboren. Er sprach polnisch, er hatte in einem galizischen Regiment gedient. Es fiel ihm leicht, sich für einen jüngeren Bruder des Polen auszugeben. Der Pole hieß Baranowicz. Tunda nannte sich ebenso.

Er bekam ein falsches Dokument auf den Namen Baranowicz, war nunmehr in Lodz geboren, im Jahre 1917 wegen eines unheilbaren und ansteckenden Augenleidens aus dem russischen Heer entlassen, von Beruf Pelzhändler, wohnhaft in Werchni Udinsk.

Der Pole zählte seine Worte wie Perlen, ein schwarzer Bart verpflichtete ihn zur Schweigsamkeit. Vor dreißig Jahren war er, ein Strafgefangener, nach Sibirien gekommen. Später blieb er freiwillig. Er wurde Mitarbeiter einer wissenschaftlichen Expedition zur Erforschung der Taiga, wanderte fünf Jahre durch die Wälder, heiratete dann eine Chinesin, ging zum Buddhismus über, blieb in einem chinesischen Dorf als Arzt und Kräuterkenner, bekam zwei Kinder, verlor beide und die Frau durch die Pest, ging wieder in die Wälder, lebte von Jagd und Pelzhandel, lernte die Spuren der Tiger im dichtesten Gras erkennen, die Vorzeichen des Sturms an dem furchtsamen Flug der Vögel, wußte Hagel- von Schnee- und Schnee- von Regenwolken zu unterscheiden, kannte die Gebräuche der Waldgänger, der Räuber und der harmlosen Wanderer, liebte seine zwei Hunde wie Brüder und verehrte die Schlangen und die Tiger. Er ging freiwillig in den Krieg, schien aber seinen Kameraden und den Offizieren schon in der Kaserne so unheimlich, daß sie ihn als einen Geisteskranken wieder in die Wälder entließen. Jedes Jahr, im März, kam er in die Stadt. Er tauschte Hörner, Felle, Geweihe gegen Munition, Tee, Tabak und Schnaps ein. Er nahm einige Zeitungen mit, um sich auf dem laufenden zu halten, glaubte aber weder den Nachrichten noch den Artikeln; selbst an den Inseraten zweifelte er. Seit Jahren ging er in ein bestimmtes Bordell, zu einer Rothaarigen, Jekaterina Pawlowna hieß sie. Wenn ein anderer bei dem Mädchen war, wartete Baranowicz, ein geduldiger Liebhaber. Das Mädchen wurde alt, es färbte seine silbernen Haare, verlor einen Zahn nach dem andern und sogar das falsche Gebiß. Jedes Jahr brauchte Baranowicz weniger zu warten, schließlich war er der einzige, der zu Jekaterina kam. Sie begann ihn zu lieben, das ganze Jahr brannte ihre Sehnsucht, die späte Sehnsucht einer späten Braut. Jedes Jahr wurde ihre Zärtlichkeit stärker, ihre Leidenschaft heißer, sie war eine Greisin, mit welkem Fleisch genoß sie die erste Liebe ihres Lebens. Baranowicz brachte ihr jedes Jahr die gleichen chinesischen Ketten und die kleinen Flöten, die er selbst schnitzte und auf denen er die Stimmen der Vögel nachahmte.

Im Februar 1918 verlor Baranowicz den Daumen der linken Hand, als er unvorsichtig Holz sägte. Die Heilung dauerte sechs Wochen, im April sollten die Jäger aus Wladiwostok kommen, er konnte in diesem Jahr nicht in die Stadt. Vergeblich wartete Jekaterina. Baranowicz schrieb ihr durch einen Jäger und tröstete sie. Statt der chinesischen Perlen schickte er ihr einen Zobel und eine Schlangenhaut und ein Bärenfell als Bettvorleger. So kam es, daß Tunda in diesem wichtigsten aller Jahre keine Zeitungen las. Erst im Frühling 1919 hörte er von dem heimkehrenden Baranowicz, daß der Krieg beendet war.

Es war an einem Freitag, Tunda wusch das Eßgeschirr in der Küche, Baranowicz trat in die Tür, man hörte das Bellen der Hunde. Eis klirrte an seinem schwarzen Bart, auf dem Fensterbrett saß ein Rabe.

„Es ist Friede, es ist Revolution!“ sagte Baranowicz.

In diesem Augenblick wurde es still in der Küche. Die Uhr im Nebenzimmer schlug drei starke Schläge. Franz Tunda legte die Teller sorgfältig und leise auf die Bank. Er wollte die Stille nicht stören, wahrscheinlich hatte er auch Angst, die Teller würden zerbrechen. Seine Hände zitterten.

„Den ganzen Weg“, sagte Baranowicz, „habe ich es mir überlegt, ob ich es dir sagen soll. Schließlich tut es mir leid, daß du nach Hause gehn wirst. Wir werden uns wahrscheinlich nicht wiedersehn, und schreiben wirst du mir auch nicht.“

„Ich werde dich nicht vergessen“, sagte Tunda.

„Versprich nichts!“ sagte Baranowicz.

Das war der Abschied.

## II

Tunda wollte nach der Ukraine gelangen, von Shmerinka, wo er in Gefangenschaft geraten war, nach der österreichischen Grenzstation Podwoloczyska und dann nach Wien. Er hatte keinen bestimmten Plan, der Weg lag unsicher vor ihm, lauter Windungen. Er wußte, daß es lange dauern würde. Er hatte nur den einen Vorsatz: weder den weißen noch den roten Truppen nahe zu kommen und sich um die Revolution nicht zu kümmern. Die österreichisch-ungarische Monarchie war zerfallen. Er hatte keine Heimat mehr. Sein Vater war als Oberst gestorben, seine Mutter schon lange tot. Ein Bruder war Kapellmeister in einer mittelgroßen deutschen Stadt.

In Wien erwartete ihn seine Braut, Tochter des Bleistiftfabrikanten Hartmann. Von ihr wußte der Oberleutnant nichts mehr, als daß sie schön, klug, reich und blond war. Diese vier Eigenschaften hatten sie befähigt, seine Braut zu werden.

Sie schickte ihm Briefe und Leberpasteten ins Feld, manchmal eine gepreßte Blume aus Heiligenkreuz. Er schrieb ihr jede Woche auf dunkelblauem Feldpostpapier mit angefeuchtetem Tintenstift kurze Briefe, knappe Situationsberichte, Meldungen.

Seitdem er aus dem Lager geflohen war, hatte er nichts von ihr gehört.

Daß sie ihm treu war und auf ihn wartete, daran zweifelte er nicht.

Daß sie auf ihn wartete, bis zu seiner Ankunft, daran zweifelte er nicht.

Daß sie aber aufhören würde, ihn zu lieben, wenn er einmal da war und vor ihr stand, schien ihm ebenso gewiß. Denn als sie sich verlobt hatten, war er ein Offizier gewesen. Die große Trauer der Welt verschönte ihn damals, die Nähe des Todes vergrößerte ihn damals, die Weihe eines Begrabenen lag um den Lebendigen, das Kreuz auf der Brust gemahnte an das Kreuz auf einem Hügel. Rechnete man auf ein glückliches Ende, so warteten nach dem triumphalen Marsch der siegreichen Truppen über die Ringstraße der goldene Kragen des Majors, die Stabsschule und schließlich der Generalsrang, alles umweht von dem weichen Trommelklang des Radetzkymarsches.

Jetzt aber war Franz Tunda ein junger Mann ohne Namen, ohne Bedeutung, ohne Rang, ohne Titel, ohne Geld und ohne Beruf, heimatlos und rechtlos.

Er hatte seine alten Papiere und ein Bild seiner Braut im Rock eingenäht. Es schien ihm günstiger, mit dem fremden Namen, der ihm geläufig war wie sein eigener, durch Rußland zu wandern. Erst jenseits der Grenze wollte er seine alten Papiere wieder verwenden.

Den Pappendeckel, auf dem seine schöne Braut abgebildet war, fühlte Tunda hart und beruhigend auf der Brust. Die Photographie stammte von dem Hofphotographen, der den Modezeitungen Bilder von Damen der Gesellschaft lieferte. In einer Serie „Bräute unserer Helden" hatte sich auch Fräulein Hartmann als die Braut des tapferen Oberleutnants Franz Tunda befunden; eine Woche vor der Gefangennahme noch hatte ihn die Zeitung erreicht.

Den Ausschnitt mit dem Bild konnte Tunda bequem der Rocktasche entnehmen, sooft ihn die Lust befiel, seine Braut zu betrachten. Er betrauerte sie schon, noch ehe er sie gesehen hatte. Er liebte sie doppelt: als ein Ziel und als eine Verlorene. Er liebte das Heldentum seiner weiten und gefährlichen Wanderung. Er liebte die Opfer, die nötig waren, die Braut zu erreichen, und die Vergeblichkeit dieser Opfer. Der ganze Heroismus seiner Kriegsjahre erschien ihm kindisch im Vergleich zu dem Unternehmen, das er jetzt wagte. Neben seiner Trostlosigkeit wuchs die Hoffnung, daß er allein durch diese gefährliche Rückkehr wieder ein begehrenswerter Mann wurde. Er war den ganzen Weg über glücklich. Hätte man ihn gefragt, ob ihn die Hoffnung oder die Wehmut glücklich machten, er hätte es nicht gewußt. In den Seelen mancher Menschen richtet die Trauer einen größeren Jubel an als die Freude. Von allen Tränen, die man verschluckt, sind jene die köstlichsten, die man über sich selbst geweint hätte.

Es gelang Tunda, den weißen und roten Truppen aus dem Weg zu gehen. Er durchquerte in einigen Monaten Sibirien und einen großen Teil des europäischen Rußlands, mit der Bahn, mit Pferden und zu Fuß. Er gelangte in die Ukraine. Er kümmerte sich nicht um den Sieg oder die Niederlage der Revolution. Mit dem Klang dieses Wortes verband er schwache Vorstellungen von Barrikaden, Pöbel und dem Geschichtslehrer an der Kadettenschule, Major Horwath. Unter „Barrikaden" stellte er sich übereinandergeschichtete schwarze Schulbänke vor, mit aufwärts ragenden Füßen. „Pöbel“ war ungefähr das Volk, das sich am Gründonnerstag bei der Parade hinter dem Kordon der Landwehr staute. Von diesen Menschen sah man nur verschwitzte Gesichter und zerbeulte Hüte. In den Händen hielten sie wahrscheinlich Steine. Dieses Volk erzeugte die Anarchie und liebte die Faulheit.

Manchmal entsann sich Tunda auch der Guillotine, die der Major Horwath immer Guillotin, ohne Endung, aussprach, ebenso wie er Pari sagte statt Paris. Die Guillotine, deren Konstruktion der Major genau kannte und bewunderte, stand wahrscheinlich jetzt auf dem Stephansplatz, der Verkehr für Wagen und Automobile war eingestellt (wie in der Silvesternacht), und die Häupter der besten Familien des Reiches kollerten bis zur Peterskirche und in die Jasomirgottstraße. Ebenso ging es in Petersburg zu und in Berlin. Eine Revolution ohne Guillotine war ebensowenig möglich wie ohne rote Fahne. Man sang die Internationale, ein Lied, das der Kadettenschüler Mohr an den Sonntagnachmittagen vorgetragen hatte, den sogenannten „Schweinereien“. Mohr zeigte damals pornographische Ansichtskarten und sang sozialistische Lieder. Der Hof war leer, man sah zum Fenster hinunter, leer und still war er, man hörte das Gras zwischen den großen Quadersteinen wachsen. – Eine „Guillotin“ mit dem abgehackten, gleichsam von ihr selbst abgeschnittenen „e“ war etwas Heroisches, Stahlblaues und Blutbetropftes. Rein als Instrument betrachtet, schien sie Tunda heroischer als ein Maschinengewehr.

Tunda nahm also persönlich keine Partei. Die Revolution war ihm unsympathisch, sie hatte ihm die Karriere und das Leben verdorben. Aber er war nicht im Dienst, sobald er sich der Weltgeschichte gegenüberstellte, und glücklich, daß ihn keine Vorschrift zwang, eine Partei zu ergreifen. Er war ein Österreicher. Er marschierte nach Wien.

Im September erreichte er Shmerinka. Er ging am Abend durch die Stadt, kaufte teures Brot für eine seiner letzten Silbermünzen und hütete sich vor politischen Gesprächen. Er wollte nicht verraten, daß er über die Lage nicht orientiert war und daß er von weither kam.

Er beschloß, die Nacht zu durchwandern.

Sie war klar, kühl, fast winterlich; noch war die Erde nicht gefroren, aber der Himmel war es schon. Gegen Mitternacht hörte er plötzlich Gewehrschüsse. Eine Kugel schlug ihm den Stock aus der Hand. Er warf sich zu Boden, ein Hufschlag traf ihn in den Rücken, er wurde ergriffen, hochgezogen, quer über einen Sattel gelegt, über ein Pferd gehängt, wie ein Wäschestück über eine Leine. Der Rücken schmerzte ihn, vom Galopp vergingen ihm die Sinne, sein Kopf war mit Blut gefüllt, es drohte ihm aus den Augen zu schießen. Er erwachte aus der Ohnmacht und schlief gleich ein – so, wie er hing. Am nächsten Morgen band man ihn ab, er schlief noch, gab ihm Essig zu riechen, er schlug die Augen auf, fand sich auf einem Sack in einer Hütte liegen, ein Offizier saß hinter einem Tisch. Pferde wieherten hell und tröstlich vor dem Haus, auf dem Fenster saß eine Katze. Man hielt Tunda für einen bolschewistischen Spion. Roter Hund! nannte ihn der Offizier. Sehr schnell begriff der Oberleutnant, daß es nicht gut war, russisch zu sprechen. Er sagte die Wahrheit, nannte sich Franz Tunda, gestand, daß er auf dem Heimweg begriffen war und daß er ein falsches Dokument besaß. Man glaubte ihm nicht. Schon machte er eine Bewegung nach der Brust, wollte sein richtiges Papier vorzeigen. Aber er empfand den Druck der Photographie wie eine Warnung oder wie eine Mahnung. Er legitimierte sich nicht, es hätte ihm übrigens gar nicht geholfen. Er wurde gefesselt, in einen Stall geschlossen, sah den Tag durch eine Lücke, sah eine kleine Gruppe von Sternen, sie waren hingestreut wie weißer Mohn – – Tunda dachte an frisches Gebäck – – er war ein Österreicher. Nachdem er zweimal die Sterne gesehen hatte, wurde er wieder ohnmächtig. Er erwachte in einem Meer von Sonne, bekam Wasser, Brot und Schnaps, Rotgardisten standen um ihn, ein Mädchen in Hosen war unter ihnen, ihre Brust ahnte man hinter zwei großen, mit Papieren gefüllten Blusentaschen.

„Wer sind Sie?“ fragte das Mädchen.

Sie schrieb alles auf, was Tunda sagte.

Sie reichte ihm ihre Hand. Die Rotgardisten gingen hinaus, sie ließen die Tür weit offen, plötzlich fühlte man die glühende Sonne, obwohl sie weiß und ohne Lust zu brennen war. Das Mädchen war kräftig, sie wollte Tunda emporziehen und fiel selbst nieder.

Bei strahlender Sonne schlief er ein. Dann blieb er bei den Roten.

## III

Irene hatte wirklich lange gewartet. In der Gesellschaftsschicht, der das Fräulein Hartmann angehörte, gibt es eine Treue aus Konvention, eine Liebe aus Gründen der Schicklichkeit, Keuschheit aus Mangel an Auswahl und infolge eines diffizilen Geschmacks. Irenes Vater, ein Fabrikant noch aus jener Zeit, in der die Redlichkeit eines Mannes nach der Anzahl der Prozente berechnet wurde, die er auf seine Waren anschlug, verlor seine Fabrik wegen der gleichen Bedenken, denen Irene beinahe ihr Leben geopfert hätte. Er konnte sich nicht entschließen, schlechtes Blei zu verwenden, obwohl die Verbraucher gar nicht anspruchsvoll waren. Es gibt eine geheimnisvolle rührende Anhänglichkeit an die Qualität der eigenen Ware, deren Gediegenheit zurückwirkt auf den Charakter des Erzeugers, eine Treue zum Fabrikat, die ungefähr dem Patriotismus jener Menschen gleicht, die von der Größe, der Schönheit, der Macht ihres Vaterlandes die eigene Existenz abhängig machen. Diesen Patriotismus haben Fabrikanten manchmal mit ihren letzten Bürodienern gemein, wie den großen Patriotismus Fürsten und Korporale.

Der alte Herr stammte aus jener Zeit, in der ein Wille die Qualität bestimmte und in der man noch mit Ethik Geld verdiente. Er hatte Kriegslieferungen, aber keine richtige Vorstellung vom Kriegsleben. Deshalb lieferte er Millionen allerbester Bleistifte an unsere Krieger im Feld, Bleistifte, die unsern Kriegern ebensowenig halfen wie die miserablen Erzeugnisse der anderen Kriegslieferanten. Einem Intendanten, der ihm den Rat gab, geringere Ansprüche an seine Ware zu stellen, wies der Fabrikant die Tür. Andere behielten das gute Material für eine bessere Zeit.

Als der Friede kam, hatte der Alte nur schlechtes Material, das ohnehin im Preis gesunken war. Er verkaufte es mitsamt seiner Fabrik, zog sich in einen ländlichen Bezirk zurück, machte noch ein paar kurze Spaziergänge und schließlich den langen letzten zum Zentralfriedhof.

Irene blieb, wie die meisten Töchter verarmter Fabrikanten, in einer Villa zurück, mit einem Hund und einer adeligen Dame, die Kondolenzbesuche empfing und den Alten ehrlich betrauerte, nicht weil er ihr nahegestanden hatte, sondern weil er dahingegangen war, ohne ihr nahegestanden zu haben. Ihren Weg von einem Majordomus zur Gebieterin hatte der Tod unterbrochen. Jetzt besaß sie die Schlüssel zu Schränken, die ihr nicht gehörten. Sie tröstete sich durch eine ausgiebige Betrachtung der leidenden Irene.

Übrigens war die vornehme Dame mittelbar die Ursache der Verlobung mit Tunda gewesen. Irene hatte sich verlobt, um ihre Selbständigkeit zu beweisen. Verlobtsein war beinahe soviel wie Großjährigkeit. Die Braut eines aktiven Offiziers im Krieg war sogar de facto großjährig. Wahrscheinlich hätte die Liebe, die auf diesem Grunde gewachsen war, die juristische Großjährigkeit, das Kriegsende, die Revolution nicht überdauert, wenn Tunda zurückgekommen wäre. Verschollene aber haben einen unwiderstehlichen Reiz. Einen Anwesenden betrügt man, einen Gesunden, einen Kranken auch und unter Umständen sogar einen Toten. Aber einen rätselhaft Verschwundenen erwartet man, solang es geht.

Es gibt verschiedene Ursachen weiblicher Liebe. Auch das Warten ist eine. Man liebt die eigene Sehnsucht und das bedeutende Quantum an Zeit, das man investiert hat. Jede Frau würde sich selbst geringschätzen, wenn sie den Mann nicht liebte, auf den sie gewartet hat. Weshalb aber wartete Irene? Weil anwesende Männer weit hinter Verschollenen zurückstehen.

Übrigens war sie anspruchsvoll. Sie gehörte zu der Generation der illusionslosen großbürgerlichen Mädchen, deren natürlich-romantische Veranlagung der Krieg zerstört hatte. Diese Mädchen gingen während des Krieges in die Mittelschule, ins Lyzeum, in die sogenannte Töchterschule. Das sind in ruhigen Zeiten die Brutstätten der Illusionen, der Ideale, der Verliebtheiten.

Im Krieg vernachlässigte man die Erziehung. Die Mädchen aller Stände lernten auf Kosten der Jamben Krankenpflege, aktuelles Heroentum, Kriegsberichte. Die Frauen dieser Generation sind skeptisch, wie nur Frauen, die eine große Erfahrung in der Liebe haben. Die stumpfe, simple und barbarische Beschaffenheit der Männer ist ihnen langweilig. Von der armseligen, ewigen und unveränderlichen Methode männlicher Werbung wissen sie alles schon im vorhinein.

Irene nahm nach dem Krieg eine Stellung in einem Büro an, weil man sich damals anfing zu schämen, wenn man nicht arbeitete. Sie gehörte zu den besseren Bürokräften, die der Herr Chef selbst zu rufen, nicht durch den Sekretär holen zu lassen pflegte. Deshalb bildete man sich damals ein, die Welt stünde kopf und die Gleichheit aller wäre gründlich durchgeführt. Welch eine Zeit, in der Fabrikantentöchter das Geehrte vom Achtzehnten dieses beantworten mußten, um bessere Strümpfe tragen zu können. Diese Zeit war „aus den Fugen".

Irene wartete (wie viele tausend Frauen) morgens, mittags, abends auf den Briefträger. Er brachte manchmal einen gleichgültigen Brief vom Notar. Inzwischen umgaben sie die Seufzer der aristokratischen Dame, deren Mitgefühl aussah wie eine Schadenfreude.

Irene verkehrte bei einer befreundeten Familie aus Triest. Es war eine alte Familie, die seit Dezennien von Kachelöfenerzeugung lebte und von klassischen Statuen aus Gips. Dieser Familie sind die meisten Diskoswerfer zuzuschreiben, die unter Glasstürzen auf Mahagonivitrinen stehen. Ein Zweig der Triestiner Familie hatte – wahrscheinlich aus geschäftlichen Gründen – dem Irredentismus gehuldigt, seine Büros nach Mailand verlegt und sich von dem habsburgertreuen Familienteil getrennt. Beide Lager wechselten nicht einmal mehr Hochzeitstelegramme. So tiefgehende Konsequenzen kann der Patriotismus erzeugen.

Nach dem Kriege knüpften sich die Beziehungen wieder langsam an. Da der Sieg zur Großmut verpflichtet, streckte der italienische Teil der Familie dem österreichischen zuerst die Hand entgegen. Es war ein Neffe, der von Mailand nach Wien kam – und das ist der Mann, den Irene schließlich heiratete.

Er eroberte sie durch Galanterie. Es war in jenen Tagen bei deutschen Männern eine seltene Eigenschaft – sie ist es noch heute. Er war unbedeutend, flink, geschäftstüchtig, er verdiente Geld und besaß die große weltmännische Fähigkeit, geizig zu sein und gleichzeitig einer Frau kostbare und überraschende Geschenke zu machen. Sein persönlicher Geschmack stand in einem verblüffenden Gegensatz zu seinem beruflichen. In seinem Hause befand sich nicht eine einzige jener Statuen, die er fabrizierte. –

Irene war froh, als sie ihre väterliche Villa verließ und nach fünfzehn Jahren zum erstenmal die adelige Dame.

Da der Hund dem Ehepaar folgte, übernahm die Wirtschafterin auch einen Teil seiner Funktionen: sie knurrte den Briefträger an.

Irene vergaß Tunda nicht. Ihr erstes Kind, es war ein Mädchen, nannte sie gegen ihren guten Geschmack: Franziska.

## IV

Ich habe erzählt, wie Tunda für die Revolution zu kämpfen begann. Es war ein Zufall.

Er vergaß seine Braut nicht, aber er befand sich nicht mehr auf dem Wege zu ihr, sondern schon in der Nähe von Kiew und auf dem Marsch nach dem Kaukasus. Er trug einen roten Stern, seine Stiefel waren zerrissen. Noch wußte er nicht, ob er in seine Kameradin verliebt war.

Aber nach althergebrachter Sitte schwor er ihr einmal Treue. Er begegnete ihrem Widerstand gegen jede Poesie und fühlte den Zusammenbruch ewiger Gesetze.

„Ich werde dich niemals verlassen“, sagte Franz Tunda.

„Ich werde dich loswerden!“ erwiderte das Mädchen.

Man nannte sie Natascha Alexandrowna. Sie war die Tochter eines Uhrmachers und einer Bäuerin, hatte sich früh mit einem französischen Parfümerie-Fabrikanten verheiratet und nach einem Jahr von ihm scheiden lassen. Sie zählte heute dreiundzwanzig Jahre. Ihr Gesicht veränderte sich manchmal. Ihre gewölbte Stirn legte sich in viele kleine Falten, ihre starken, kurzen Augenbrauen schoben sich eng zusammen, die zarte Haut ihrer Nase straffte sich über dem Knochen, die Nasenlöcher wurden schmal, die Lippen, immer rund und halb offen, preßten sich gegeneinander wie zwei verbissene Feinde, der Hals streckte sich vor wie ein suchendes Tier. Ihre Pupillen, sonst braun, rund, in dünnen goldenen Ringen, wurden schmale grüne Ovale, zwischen zusammengezogenen Lidern wie Klingen in Futteralen. Sie wollte von ihrer Schönheit nichts wissen, rebellierte gegen sich, hielt ihre Weiblichkeit für einen Rückfall in die bourgeoise Weltanschauung und das ganze weibliche Geschlecht für den unberechtigten Überrest einer besiegten, verröchelnden Welt. Sie war mutiger als die ganze männliche Schar, in deren Mitte sie kämpfte. Sie wußte nicht, daß Mut die Tugend der Frauen ist und Furchtsamkeit die Klugheit der Männer. Sie wußte auch nicht, daß alle Männer nur deshalb ihre guten Kameraden waren, weil alle sie liebten. Sie wußte nicht, daß Männer keusch sind und sich schämen, ihre Herzen zu verraten. Sie hatte sich keinen von ihnen genommen; sie hatte keines einzigen Liebe gemerkt, weil sie bürgerlicher war, als sie sich zugestehen durfte.

Die Männer ihres Zuges waren Matrosen, Arbeiter, Bauern, ohne Bildung und von der Unschuld der Tiere. Tunda war der erste Mann von bürgerlicher Beschaffenheit. Ihn nahm sie sofort. Sie ahnte nicht, daß es der deutliche Rückfall in die Bürgerlichkeit war. Sie anerkannte seine erotische Ebenbürtigkeit, sie verspottete seinen bürgerlichen Horizont. Sie nahm sich vor, aus diesem Material einen Revolutionär zu machen. Sie wußte nicht, daß es ihr nur gelingen konnte, weil sie und er, in der Mitte der anderen, dennoch auf einer unnahbaren Insel lebten und trotz ihrer verschiedenen Überzeugungen einander am schnellsten verstanden.

Natascha Alexandrowna verliebte sich in Tunda, regelrecht, nach allen von ihr bekämpften Liebesgesetzen der alten, von ihr verleugneten Welt. Deshalb sagte sie: „Ich werde dich loswerden", und wußte nicht, daß sie log. Tunda schwor zuerst ewige Liebe mit der Sicherheit aller oberflächlichen Männer, denen viele kluge Frauen anheimgefallen sind. Erst der programmatische und unwahre, aber verblüffende Widerstand der Frau und ihr selbstbewußter und ihm so ungewohnt schroffer Verzicht auf alle Süßigkeiten männlicher Verführung machten ihn verliebt – zum erstenmal in seinem Leben.

Nun erst entschwand ihm seine Braut, mit ihr sein ganzes früheres Leben. Seine Vergangenheit war wie ein endgültig verlassenes Land, in dem man gleichgültige Jahre verbracht hat. Die Photographie seiner Braut war eine Erinnerung wie die Ansichtskarte von einer Straße, in der man gewohnt hat, sein früherer Name auf seinem echten Dokument wie ein alter polizeilicher Meldezettel, nur der Ordnung wegen aufgehoben.

Natascha sah einmal die Photographie seiner Braut, und obwohl sie eifersüchtig wurde, gab sie ihm das Bild mit einer gleichgültigen Hand zurück und sagte:

„Ein guter bürgerlicher Typ!"

Es war, als hätte sie das alte, aber für seine Zeit im Verhältnis noch anständig gebaute Modell einer heute schon weit übertroffenen Pistole betrachtet, für moderne revolutionäre Kriegführung unmöglich zu gebrauchen.

Wie gut wußte sie die Stunden ihres Tages einzuteilen, die Kameradschaft mit dem Genuß der Liebe zu verbinden und diesen mit der Pflicht des Kampfes!

„Um elf Uhr dreißig rücken wir vor", sagte sie zu Tunda, „jetzt ist neun. Wir essen bis halb zehn, du zeichnest die Karte für Andrej Pawlowitsch, um zehn bist du fertig, bis elf Uhr dreißig können wir miteinander schlafen, wenn du nicht fürchtest, dann müde zu sein. Mir macht es gar nichts!" fügte sie mit einem leisen Hohn hinzu und überzeugt, daß sie wieder einmal ihre männliche Überlegenheit bewiesen hatte.

Sie blieb wach und kontrollierte ihre Genüsse wie ein Posten die Geräusche der Nacht. Die körperliche Liebe war eine Forderung der Natur. Natascha erhob die Liebe fast zu einer revolutionären Pflicht und hatte fortab ein reines Gewissen. Tunda hatte sich weibliche Soldaten immer so vorgestellt. Diese Frau war wie aus Büchern gestiegen, ihrer literarisch bekräftigten Existenz ergab er sich mit Bewunderung und der demütigen Treue eines Mannes, der nach falschen Überlieferungen in einer entschlossenen Frau eine Ausnahme sieht und nicht die Regel.

Er wurde ein Revolutionär, er liebte Natascha und die Revolution.

Viele Stunden des Tages benutzte Natascha dazu, ihn und ihre Leute „politisch aufzuklären" und Tunda besondern Nachhilfeunterricht zu erteilen, weil er von der Revolution weniger verstand als die Arbeiter und Matrosen.

Es dauerte lange, ehe er es sich abgewöhnte, bei dem Wort „Proletariat" an Gründonnerstag zu denken. Er war mitten in der Revolution, und er vermißte noch die Barrikaden. Als seine Leute – denn er kommandierte sie jetzt – einmal die Internationale sangen, erhob er sich mit dem schlechten Gewissen eines Verräters, er schrie hurra mit der Verlegenheit eines Fremden, eines Gastes, der bei einem zufälligen Besuch ein Fest mitfeiern muß. Es dauerte lange, ehe er sich daran gewöhnte, nicht zu zucken, wenn ihn seine Kameraden Genosse nannten. Er selbst nannte sie lieber bei ihren Namen und wurde in der ersten Zeit verdächtigt.

„Wir sind im ersten Stadium der Weltrevolution", sagte Natascha in jeder Nachhilfestunde, „Männer wie du gehören noch zur alten Welt, können uns aber gute Dienste leisten. Wir nehmen dich eben mit. Du verrätst die bürgerliche Klasse, der du angehörst, du bist uns willkommen.

Aus dir kann ein Revolutionär werden, aber ein Bürger bleibst du immer. Du warst Offizier, das tödlichste Werkzeug in der Hand der herrschenden Klasse, du hast das Proletariat geschunden, du hättest erschlagen werden müssen. Sieh doch den Edelmut des Proletariats! Es erkennt an, daß du was von Taktik verstehst, es verzeiht dir, es läßt sich sogar von dir führen."

„Ich führe es ja nur deinetwegen – weil ich dich liebe", sagte der altmodische Tunda.

„Liebe! Liebe!" schrie Natascha. „Das kannst du deiner Braut erzählen! Ich verachte deine Liebe. Was ist das? Du kannst es nicht einmal erklären. Du hast ein Wort gehört, in euren verlogenen Büchern und Gedichten gelesen, in euren Familienzeitschriften! Liebe! Ihr habt euch das wunderbar eingeteilt: Da habt ihr das Wohnhaus, dort die Fabrik oder den Delikatessenladen, drüben die Kaserne, daneben das Bordell und in der Mitte die Gartenlaube. Ihr tut so, als wäre sie das Wichtigste in eurer Welt, in ihr schichtet ihr alles auf, was Edles, Erhabenes, Süßes in euch ist, und ringsum ist Platz für eure Gemeinheit. Eure Schriftsteller sind blind oder bestochen, sie glauben eurer Architektur, sie schreiben von Gefühlen statt von Geschäften, von Herz statt von Geld, sie beschreiben die kostbaren Bilder an den Wänden und nicht die Kontos in den Banken."

„Ich habe nur Detektivromane gelesen", warf Tunda schüchtern dazwischen.

„Ja, Detektivromane! Wo die Polizei siegreich ist und der Einbrecher gefangen wird, oder wo ein Einbrecher nur deshalb siegreich ist, weil er ein Gentleman ist und den Frauen gefällt und einen Frack trägt. Wenn du nur meinetwegen bei uns bist, werde ich dich erschießen", sagte Natascha.

„Ja, nur deinetwegen!" sagte Tunda.

Sie atmete auf und ließ ihn am Leben.

Es ist gleichgültig, ob jemand durch Lektüre, Nachdenken, Erleben Revolutionär wird oder durch die Liebe. Sie rückten eines Tages in ein Dorf im Gouvernement Samara ein. Einen Popen und fünf Bauern, die beschuldigt waren, Rotarmisten zu Tode gefoltert zu haben, führte man Tunda vor. Er befahl, den Popen und die fünf Bauern zusammenzubinden und zu erschießen. Ihre Leichen ließ er zur Abschreckung liegen. Er haßte noch die Toten. Er nahm persönlich Rache an ihnen. Man hielt es für selbstverständlich. Niemand von der Truppe wunderte sich darüber.

Überraschte es sie denn nicht, daß einer töten konnte, ohne zu wollen?

„Das hast du für mich getan", sagte Natascha verächtlich.

Zum erstenmal aber hatte Tunda etwas nicht für Natascha getan. Als sie ihm den Vorwurf machte, fiel es ihm ein, daß er gar nicht an sie gedacht hatte. Aber er gestand es nicht.

„Natürlich für dich!" log er.

Sie freute sich und verachtete ihn.

Alle seine Kameraden aus der Kadettenschule und vom Regiment hätte er im Namen der Revolution erschossen. Eines Tages wurde ein politischer Kommissar ihrer Truppe zugeteilt, ein Jude, der sich den Namen Nirunow beigelegt hatte, ein Schriftsteller, der flinke Zeitungen und Aufrufe herstellte, der flammende Reden hielt, bevor es zu einem Angriff kam, und ebenso plump war im Gespräch, wie er geschickt war in der Fähigkeit zu begeistern. Dieser Mann, häßlich, kurzsichtig und töricht, verliebte sich in Natascha, die ihn wie einen politisch Ebenbürtigen behandelte. Tunda wollte ebenso sprechen können wie der Kommissar, er eiferte ihm nach. Er eignete sich die technischen Ausdrücke des Politikers an, er lernte auswendig, mit der Fähigkeit eines Verliebten. Der Kommissar wurde eines Tages verwundet, man mußte ihn zurücklassen, Tunda hielt seitdem politische Reden und verfaßte Aufrufe.

Er kämpfte in der Ukraine und an der Wolga, er zog in die Berge des Kaukasus und marschierte zurück an den Ural. Seine Truppe schmolz zusammen, er füllte sie auf, er warb Bauern an, erschoß Verräter und Überläufer und Spione, schlich sich hinter den Rücken des Feindes, ging für einige Tage in eine von Weißen besetzte Stadt, wurde verhaftet, entfloh. Er liebte die Revolution und Natascha wie ein Ritter, er kannte die Sümpfe, das Fieber, die Cholera, den Hunger, den Typhus, die Baracke ohne Arznei, den Geschmack des verschimmelten Brotes. Er stillte den Durst mit Blut, er kannte den Schmerz des Frostes und seinen Brand, das Frieren in den mitleidlosen Nächten, das Schmachten in heißen Tagen, er hörte in Kasan einmal Trotzki reden, die harte tatsächliche Sprache der Revolution, er liebte das Volk. Er erinnerte sich manchmal an seine alte Welt, wie man sich an alte Kleider erinnert, er hieß Baranowicz, er war ein Revolutionär. Er haßte die reichen Bauern, die fremden Armeen, die den Weißgardisten halfen, er haßte die Generäle, die gegen die Roten kämpften. Seine Kameraden begannen ihn zu lieben.

## V

Er erlebte den Sieg der Revolution.

Die Häuser in den Städten zogen rote Fahnen an und die Frauen rote Kopftücher. Wie lebendiger Mohn gingen sie herum. Über dem Elend der Bettler und der Obdachlosen, über den verwüsteten Straßen, den zerschossenen Häusern, dem Schutt auf den freien Plätzen, den Trümmern, die nach Brand rochen, den Zimmern, in denen Kranke lagen, den Friedhöfen, die unaufhörlich ihre Gräber öffneten und schlossen, den seufzenden Bürgern, die den Schnee schaufeln und die Bürgersteige reinigen mußten, lag die unbekannte Röte. In den Wäldern verhallten mit weichem Echo die letzten Schüsse. Letzter Feuerschein huschte über nächtliche Horizonte. Die schweren und schnellen Glocken der Kirchen hörten nicht auf zu läuten. Die Setz- und Druckmaschinen begannen ihre Räder zu drehen, sie waren die Mühlen der Revolution. Auf tausend Plätzen sprachen die Redner zum Volk. Die Rotgardisten marschierten in zerrissenen Kleidern und in zerrissenen Stiefeln und sangen. Die Trümmer sangen. Freudig stiegen die Neugeborenen aus den Schößen der Mütter.

Tunda kam nach Moskau. Es wäre ihm gelungen, in jenen Tagen, in denen es Ämter regnete, einen Schreibtisch und einen Stuhl zu bekommen. Er hätte sich nur melden müssen. Er tat es nicht. Er hörte alle Reden, ging in alle Klubs, sprach mit allen Menschen, ging in alle Museen und las alle Bücher, die er bekommen konnte. Er lebte damals von Artikeln für Zeitungen und Zeitschriften. Es gab ein Klischee für Proteste und Aufrufe, ein zweites für Skizzen und Erinnerungen, ein drittes für Empörung und Anklage. Seine Gesinnung war revolutionärer als diese fertige Sprache. Er übernahm nur das Handwerkszeug. Schriftsteller erleben alles durch das Mittel der Sprache, sie haben kein Erlebnis ohne Formulierung. Tunda aber suchte nach bestehenden, oft erprobten und zuverlässigen Formulierungen, um nicht im Erlebnis unterzugehen. Er griff, wie ein Ertrinkender, mit ausgestreckten Armen nach der nächsten Klippe. Tunda, der im Jahre 1914 ausgezogen war, um nach einigen Monaten über die Ringstraße von Wien zu marschieren, zu den Klängen des Radetzkymarsches, taumelte in der zerrissenen und zufälligen Kleidung eines Rotarmisten durch die Straßen von Moskau und fand für seine Ergriffenheit keinen anderen Ausdruck als den abgewandelten Text der Internationale. Nun gibt es Augenblicke im Leben der Völker, der Klassen, der Menschen, Augenblicke, in denen die Billigkeit einer Hymne gleichgültig ist gegenüber der Feierlichkeit, mit der sie gesungen wird. Dem Sieg der russischen Revolution waren selbst die beruflichen Schriftsteller nicht gewachsen. Alle machten billige Anleihen und schrieben abgegriffene Worte in die Zeit. Tunda wußte gar nichts von der Billigkeit dieser Worte, sie erschienen ihm ebenso großartig wie die Zeit, in der er lebte, wie der Sieg, den er erfochten hatte.

Mit Natascha traf er nur des Nachts zusammen.

Sie bewohnten ein Bett in einem von drei Familien benutzten Zimmer und nährten sich mit Hilfe eines Spirituskochers, der mit Petroleum geheizt wurde. Ein Vorhang, aus drei blauweiß gestreiften Schürzen zusammengenäht, spielte die Rolle einer Wand, einer Tür und eines Fensters. Tunda, wie alle Männer ein Sklave der Gewohnheit, die man Liebe nennt, verstieß doppelt gegen die Gesetze, die Natascha aufgestellt hatte, indem er eifersüchtig wurde. Er machte Natascha laute Vorwürfe, mit der Harmlosigkeit naiver Männer, die glauben, es genüge, unsichtbar zu sein, um auch nicht gehört zu werden. Übrigens kümmerten sich die Nachbarn, die ihre Neugier allmählich in dieser Enge verloren hatten, ungefähr wie lebenslänglich Eingekerkerte das Augenlicht verlieren, gar nicht um den Inhalt der eifersüchtigen Mahnungen und Klagen Tundas, sondern nur um die Störung, die sie bedeuteten.

Tunda wollte wissen, was Natascha den Tag über bis Mitternacht tat. Sie hätte, selbst wenn es ihre Grundsätze gestattet hätten, nicht erzählen können, denn es war viel. Sie organisierte Frauenheime, lehrte Wöchnerinnen Hygiene, beaufsichtigte obdachlose Kinder, hielt Vorträge in Fabriken, in denen die Arbeit unterbrochen wurde, damit sie den Marxismus ungestört erläutern könne, arrangierte revolutionäre Theatervorstellungen, führte Bäuerinnen, in Museen, versenkte sich in die Kulturpropaganda, ohne die breiten Reiterhosen, in denen sie gekämpft hatte, gegen einen Rock zu vertauschen. Sie blieb gewissermaßen eine Frontkämpferin.

Den Vorwürfen Tundas begegnete sie, ja, sie kam ihnen zuvor, mit anderen, die im Zusammenhang mit der Größe der Zeit wichtiger waren.

„Weshalb arbeitest du nicht?“ rügte sie, „du ruhst auf deinen Lorbeeren aus. Wir haben noch nicht den Sieg, es ist noch Krieg, er beginnt jeden Tag aufs neue. Die Zeit des Bürgerkriegs ist vorbei, der viel wichtigere Krieg gegen das Analphabetentum beginnt. Wir führen heute einen heiligen Krieg um die Aufklärung unserer Massen, um die Elektrifizierung des Landes, gegen die Verwahrlosung der Kinder, für die Hygiene der arbeitenden Klasse. Für die Revolution ist uns kein Opfer zu teuer“, sagte Natascha, die im Felde immer origineller gesprochen hatte, aber seit ihrer gesteigerten öffentlichen Tätigkeit nicht anders mehr reden konnte.

„Da hast du was von Opfern gesagt“, erwiderte der naive Tunda, der sich von Zeit zu Zeit seine eigenen Gedanken über die historischen Ereignisse zu machen pflegte, „ich wollte dich schon oft fragen, ob du nicht auch dieser Meinung bist: ich stelle mir die Zeit des Kapitalismus so vor, daß er die Zeit der Opfer war. Seit den ersten Anfängen der Geschichte opferten die Menschen. Zuerst Kinder und Rinder für den Sieg, dann opferten sie die Tochter, um den Ruin des Vaters zu verhindern, den Sohn, um seiner Mutter ein angenehmes Alter zu bereiten, die Frommen opferten Kerzen für das Seelenheil der Toten, die Soldaten opferten ihr Leben für den Kaiser. Sollen wir nun auch für die Revolution opfern? Mir scheint, jetzt beginnt endlich die Zeit, in der man nicht opfert. Wir haben nichts, wir haben ja das Eigentum abgeschafft, nicht wahr? Auch unser Leben gehört uns nicht mehr. Wir sind frei. Was wir haben, gehört allen. Alle nehmen von uns, was ihnen gerade notwendig erscheint. Wir sind keine Opfer, und wir bringen keine Opfer für die Revolution. Wir sind selbst die Revolution."

„Eine bürgerliche Ideologie", sagte Natascha. „Welchen Arbeiter lockst du damit hinter seinem Ofen hervor? Du redest verstiegenes Zeug, ich wundere mich, woher du es hast. Du redest, als hättest du mindestens sechs Semester Philosophie. Ein Glück, daß deine Artikel nicht so geschrieben sind. Ein paar sind ganz gut."

Für die Liebe bezeugte Natascha immer weniger Interesse. Die Liebe gehörte ja zu den Gebräuchen des Bürgerkrieges, zu den Sitten im Felde, der friedlichen Kulturpropaganda konnte sie abträglich sein. Natascha kam um Mitternacht nach Hause, bis zwei Uhr dauerten ihre Diskussionen, um sieben Uhr früh mußte sie aufstehen. Die Liebe hätte zur Folge gehabt, daß sie eine Stunde später ihr Tagewerk begonnen hätte.

Auch langweilte sie Tunda, ein Mann ohne Energie, dessen Rückfälle in die bourgeoise Ideologie allein schon in seiner stärkeren Liebesbereitschaft deutlich wurden. Nikita Kolohin, ein ukrainischer Kommunist, der für die nationale Autonomie der Ukraine kämpfte und die Großrussen verachtete, weil sie nicht alle Worte des ukrainischen Dialekts verstanden, hatte in den letzten Tagen mit Natascha viele Stunden lang die Lage der ukrainischen Nation besprochen und bei dieser Gelegenheit bewiesen, wie hoch er über einem österreichischen Offizier stand. Natascha erinnerte sich, daß sie ja in Kiew zur Welt gekommen, also eigentlich Ukrainerin war, daß in Kiew ihr Posten war und nirgendwo sonst. Sie reiste mit Nikita nach Kiew – – was war da anderes zu machen?

Sie lernte ein paar kernige ukrainische Ausdrücke, fuhr durch die Dörfer, erinnerte die Bauern an ihre nationalen Pflichten und traf mit Nikita wieder in Charkow zusammen, das nunmehr Charkiw hieß und in dem ein kleines Zimmer für sie und Nikita bei Freunden vorbereitet war.

Leider vergaß Natascha, Tunda rechtzeitig von ihrem längeren Aufenthalt in der Ukraine zu verständigen. Daher kam es, daß Tunda zuerst eifersüchtig wurde und annahm, ein Mann oder mehrere würden Natascha verhindern, in der Nacht nach Hause zu kommen. Er suchte sie in allen Klubs, allen Heimen, allen Redaktionen, allen Büros. Dann wurde er wehmütig; es war der erste Schritt zur Erkenntnis. Er vergaß, Artikel zu schreiben, das nötige Geld für die nächsten Tage zu verdienen, er hungerte fast. Ein paar bekannten Genossen erzählte er von Nataschas Abwesenheit. Sie sahen ihn gleichgültig an. Jeder von ihnen hatte in diesen Monaten ähnliche Erfahrungen gemacht. Aber es stand ja fest, daß die Welt neu eingerichtet werden mußte und daß kleine private Schmerzen lächerlich waren.

Nur Iwan Alexejewitsch, Iwan der Grausame genannt, weil er im Bürgerkrieg den gefangenen Popen aus ihren langen Haaren Zöpfe geflochten, einige an den Zöpfen zusammengebunden und jeden dann in eine andere Richtung hatte laufen lassen, Iwan Alexejewitsch, der jetzt noch bei der Kavallerie diente, eigentlich gutmütig war und Grausamkeiten nur aus Überfluß an Phantasie beging, Iwan allein ließ sich in ein längeres Gespräch über die Liebe ein.

„Die Liebe", so sagte Iwan, „ist gar nicht abhängig von der Revolution. Im Krieg hast du mit Natascha geschlafen, sie war ein Soldat, du warst ein Soldat, ob Revolution oder nicht, ob Kapitalismus oder Sozialismus, die Liebe hält nur bei gleich und gleich einige Jahre. Jetzt ist Natascha kein Soldat mehr, sie ist eine Politikerin, und du bist – – das weiß ich nicht, was du bist. Früher einmal hat man die Frau geschlagen, wenn sie nicht nach Hause kam, aber wie willst du diese Frau schlagen, die wie zwanzig Männer gekämpft hat? Sie hat nicht nur gleiche Rechte, sie hat mehr Rechte als du. Deshalb bin ich gar nicht in mein Dorf zurück. Dort lebt meine Frau mit fünf Kindern (wenn sie nicht noch einige hat, aber die ersten fünf sind von mir). Bevor ich zur Roten Armee ging, habe ich alle geschlagen, alle fünf und die Frau, jetzt bin ich aufgeklärt, wenn ich nach Hause käme, müßte ich selbst sagen: mit dem Prügeln ist es aus. Aber es wäre gegen meine Natur, ich hätte doch fortwährend Lust, diesen und jenen in meiner Familie zu verprügeln, und ich dürfte es nicht. Daraus könnten sich dann Konflikte entwickeln, und ein anständiges Familienleben käme nicht zustande, wenn ich mich fortwährend beherrschen müßte."

Nicht einmal die Rückkehr Nataschas tröstete Tunda. Sie kam nach einigen Wochen, mußte zu einem Arzt und dachte weder an Tunda mehr noch an die ukrainische Nation. Sie blieb acht Tage im Bett, Tunda bediente den Spirituskocher. Wer diese Tätigkeit kennt, wird wissen, daß keine andere wie sie geeignet ist, auch sentimentale Männer zur Kritik zu erziehen. In diesen acht Tagen wurde Tunda seiner Liebe, die sich in Kochen verwandelt hatte, einfach müde.

Mit Hilfe einiger alter Freunde aus der Zeit des Kriegskommunismus fand er einen Schreibtisch. Er saß in dem Büro eines neubegründeten Instituts, dessen Aufgabe es war, einige kleine Völker des Kaukasus mit einem neuen Alphabet, mit Fibeln, mit primitiven Zeitungen zu versehen, neue nationale Kulturen zu schaffen. Tunda bekam den Auftrag, mit Probezeitungen, Zeitschriften, Propagandamaterial nach dem Kaukasus zu reisen, an den Fluß Terek, an dessen Ufer ein Völkchen lebte, das nach alten Statistiken zwölftausend Seelen zählen sollte.

Er wohnte einige Wochen im Hause eines besser situierten Kumyken, der aus religiösen Gründen Gastfreundschaft übte und den unbequemen Fremden mit freundlicher Fürsorge behandelte.

Es blieb Tunda nicht viel zu tun übrig. Einige junge Leute hatten sich schon der Kultur bemächtigt, Klubs gegründet und Wandzeitungen verfaßt.

Es stellte sich heraus, daß die Leute nicht schnell genug lernten. Man mußte ihnen mit Filmen nachhelfen. Tunda wurde Leiter eines Kinos, das allerdings nur dreimal in der Woche spielen konnte.

Zu seinen ständigen Gästen gehörte ein Mädchen namens Alja, Tochter eines Grusiniers und einer Tattin.

Das Mädchen lebte bei ihrem Onkel, einem Töpfer, der seine Arbeit unter freiem Himmel verrichtete und dank einer bestimmten Veranlagung, aber auch infolge des eintönigen Lebens, ein bißchen stumpfsinnig geworden war. Er verstand keine Sprache, er verwendete, um sich zu verständigen, nur ein paar Brocken, die er langsam mit den Fingern aus seinem Hirn herauszuholen schien.

Das Mädchen war schön und still. Sie ging in der Stille herum wie in einem Schleier. Manche Tiere erzeugen so eine Stille, in der sie dann ihr Leben verbringen, als hätten sie ein Gelübde getan, einem geheimen und höheren Zweck zu dienen. Das Mädchen schwieg, ihre großen braunen Pupillen lagen in dunkelblauem Augenweiß, sie ging so aufrecht, als trüge sie einen Krug auf dem Kopf, ihre Hände lagen immer auf dem Schoß, wie unter einer Schürze.

Dieses Mädchen war Tundas zweite Liebe.

## VI

Tunda führte sein Beruf manchmal nach Moskau. Er ging jede Nacht auf den Roten Platz. Der Rote Platz war still, alle Tore waren geschlossen, die Posten in den Eingängen zum Kreml standen in langen Mänteln wie aus Holz, das Mausoleum Lenins war schwarz, rechts auf dem Dach züngelte die rote Fahne gegen den Himmel, von unten her beleuchtet. Hier war der einzige Ort, auf dem man noch die Revolution fühlte, und Mitternacht die einzige Stunde, in der man sie fühlen durfte.

Tunda dachte an den roten Krieg, an die Jahre, in denen man nur zu sterben wußte und in denen das Leben, die Sonne, der Mond, die Erde, der Himmel nur Rahmen oder Hintergrund für den Tod waren. Der Tod, der rote Tod, marschierte Tag und Nacht über die Erde mit einer großartigen Marschmusik, mit großen Trommeln, die klangen wie galoppierende Hufe über Eisen und zertrümmertes Glas, Scherben schüttete er aus seinen Händen, die Schüsse hörte man wie ferne Rufe marschierender Massen.

Jetzt bemächtigte sich die Ordnung des Tags dieses großen, roten Todes, er wurde ein ganz gewöhnlicher Tod, der von Haus zu Haus schlich wie ein Bettler und sich seine Toten holte wie Almosen. Man begrub sie in roten Särgen, Gesangvereine warfen Strophen in die Gräber, die Lebenden gingen zurück und setzten sich wieder in die Büros, schrieben Register und Statistiken, Aufnahmebogen für die neuen Mitglieder und Urteile gegen Ausgeschlossene.

Es ist kein Trost zu denken, daß man ohne Schreibtisch und Federn, ohne Büsten aus Gips und ohne revolutionär drapierte Schaufenster, ohne Denkmäler und Tintenlöscher mit dem Kopf von Bebel als Griff wahrscheinlich keine neue Welt einrichten kann; es ist kein Trost, es ist keine Hilfe.

„Aber eine Revolution zerfällt nicht“, sagte Kudrinski, ein Matrose, den man aus der Partei ausgeschlossen, der ein Jahr lang ein Kriegsschiff kommandiert hatte und der jetzt vergeblich nach einer Tätigkeit suchte.

Er traf Tunda in einer Nacht auf dem Roten Platz. Es ist anzunehmen, daß auch Kudrinski hierhergekommen war, um die rote Fahne zu sehen, die züngelnde Fahne auf dem Dach des Kreml.

„Eine Revolution zerfällt nicht“, sagte Kudrinski. „Sie hat ja gar keine Grenzen. Der Große Ozean hat keine Grenzen, und das große Feuer – es muß nämlich irgendwo so ein Feuer geben, so groß, so grenzenlos wie der Ozean, vielleicht unter der Erde – vielleicht aber auch im Himmel – ein großes Feuer, es hat keine Grenzen. So ist die Revolution. Sie hat keine Gestalt, sie hat keinen Körper, ihr Körper ist das Brennen, wenn sie ein Feuer ist, oder das Fluten, wenn sie ein Wasser ist. Wir selbst sind Tropfen im Wasser oder Funken im Feuer, wir können gar nicht hinaus.“

Natascha wohnte in einem requirierten Hotel. Sie oblag von sechs Uhr abends der Liebe, natürlich der geschlechtlichen, an der das Herz, der Allgemeinheit gehörig, nicht beteiligt war, der ausdrücklich einwandfreien und hygienischen Liebe. Vom Standpunkt der

Gleichberechtigung der Frauen war nichts dagegen einzuwenden. Die Kameradschaft war ihr heilig. Da Tunda als Mann nicht mehr in Betracht kam, erübrigte es sich auch, ihn zu verachten. Er war nur mehr beinahe ein gleichgestellter Genosse. Wie eifrig bemühte sie sich, ihm zu helfen! Mit welchem Ernst bemühte sie sich, mit ihm zu diskutieren. Tunda aber sah sie, wenn er nahe vor ihr stand, wie in einem blassen Spiegel. Er kam zu ihr, wie man in eine Ortschaft kommt, in der man einmal jung gewesen ist. Sie war nicht mehr sie selbst, sie war gleichsam nur der Ort ihres eignen früheren Lebens. Hier hatte Natascha gelebt, sagte sich Tunda, wenn er sie anblickte. Sie trug einen blauen Kittel, sie erinnerte an eine Pflegerin, eine Aufseherin, eine Schaffnerin, nur nicht an eine Geliebte und nicht mehr an einen Soldaten der Revolution. Von ihr ging, obwohl sie der Liebe bedürftig war und von der Liebe schon verwüstet, dennoch eine Art Keuschheit aus, eine unbegreifliche Art trockener Keuschheit, die verlassenen Mädchen ebenso eigen ist wie den Frauen, die mit Vernunft und aus Prinzip die Liebe ausüben. Sie wohnte in einem schmalen, mangelhaft beleuchteten Hotelzimmer. Zwischen einem Sessel, auf dem zerfranste Broschüren lagen, und dem Bett, auf dem sie für die sexuelle Gleichberechtigung wirkte, stand sie wie auf einer Kommandobrücke oder wie auf einem Rednerpodium, die Haare weit aus der Stirn gekämmt, sie preßte die Lippen zusammen, sie standen nicht mehr halb offen wie einst, als sie noch Tunda geküßt hatten.

Tunda sagte ihr:

„Ich kann dich nicht mehr Vorträge halten hören, hör auf! Ich erinnere mich, wie ich dich geliebt und bewundert habe. Ich war sehr stolz auf dich! Im Krieg war deine Sprache frisch, deine Lippen waren frisch, wir lagen im nächtlichen Wald, eine halbe Stunde vom Tod entfernt, unsere Liebe war größer als die Gefahr. Ich hätte nie geglaubt, daß ich so schnell lernen könnte. Du warst immer größer und stärker als ich, plötzlich bist du kleiner und schwächer geworden. Du bist sehr arm, Natascha! Du kannst nicht ohne den Krieg leben. Du bist schön in den Nächten, in denen es brennt.“

„Deine bürgerlichen Vorstellungen wirst du niemals los“, sagte Natascha. „Was du dir für Bilder von einer Frau machst! In brennenden Nächten! Wie romantisch! Ich bin ein Mensch wie du, mit einem zufällig anderen Geschlecht. Es ist viel wichtiger, ein Krankenhaus zu leiten, als in brennenden Nächten zu lieben. Wir haben uns niemals verstanden, Genosse Tunda. Daß wir uns, wie du sagst, geliebt haben, gibt dir heute kein Recht, über meine Veränderung feige zu weinen. Geh lieber hin und melde dich zum Eintritt in die Partei. Ich habe keine Zeit mehr! Ich erwarte Anna Nikolajewna, wir müssen einen Bericht machen.“

Das war Tundas letzte Begegnung mit Natascha.

Sie holte einen Spiegel aus ihrer Aktentasche und betrachtete ihr Gesicht. Sie sah zwei Tränen aus ihren Augen rinnen, langsam und in gleichem Tempo bis zu den Mundwinkeln. Sie wunderte sich, daß ihre Augen weinten, obwohl sie selbst nichts fühlte. Sie sah im Spiegel eine fremde Frau weinen. Erst als Anna Nikolajewna eintrat, wollte sie mit der Hand ihr Gesicht trocknen. Sie besann sich schnell. Es war klüger, Tränen nicht zu verbergen. Sie hielt ihr nasses Angesicht Anna entgegen, wie eine Drohung oder wie ein Schild oder wie ein stolzes Geständnis.

„Warum weinst du?“ fragte Anna.

„Ich weine, weil alles so nutzlos ist, so vergebens“, sagte Natascha, als klagte sie etwas ganz Allgemeines an, was Anna Nikolajewna niemals verstehen konnte.

## VII

Ich habe schon erzählt, daß jenes stille Mädchen aus dem Kaukasus, Alja genannt, Nichte des stumpfsinnigen Töpfers, Tunda gefiel. Von allen Handlungen und Erlebnissen Tundas, der mir manchmal merkwürdig erscheint, ist mir sein Verhältnis zu Alja am verständlichsten. Sie lebte inmitten der Revolution, der historischen und der privaten Wirrnisse, wie die Abgesandte einer anderen Welt, Vertreterin einer unbekannten Macht, kühl und neugierig, vielleicht der Liebe ebensowenig fähig wie der

Klugheit, der Dummheit, der Güte, der Schlechtigkeit, aller irdischen Eigenschaften, aus denen sich ein Charakter zusammensetzen soll. Welch ein Zufall, daß sie ein menschliches Gesicht und einen menschlichen Körper hatte! Sie verriet keinerlei Art von Erregung, von Freude, Ärger, Trauer. Statt zu lachen, zeigte sie ihre Zähne, zwei weiße, fest aufeinanderschließende Reihen, ein schöner Kerker für alle Töne der Kehle. Statt zu weinen – sie weinte selten –, ließ sie aus weit offenen Augen, über ein freundlich gleichmütiges, fast lächelndes Angesicht ein paar große helle Tränen fließen, von denen man auf keinen Fall glauben konnte, sie schmeckten nach Salz wie alle vulgären Tränen der Welt. Statt einen Wunsch zu äußern, deutete sie mit den Augen nach dem Gegenstand, den sie wünschte, es schien, als könnte sie nichts ersehnen, was außerhalb ihres Gesichtsfeldes gelegen war. Statt etwas abzulehnen oder abzuwehren, schüttelte sie den Kopf. Nur wenn vor ihr im Kino jemand die Aussicht auf die Leinwand verhinderte, zeigte sie Zeichen stärkerer Unruhe. Die Fläche der Leinwand war ihr ohnehin zu klein, sie mußte jedes Detail sehen, ja, wahrscheinlich interessierte sie die Kleidung der handelnden Personen oder der gleichgültige Gegenstand einer Zimmereinrichtung mehr als das Drama und eine Katastrophe.

Ich beschränke mich bei der Beschreibung Aljas nur auf Vermutungen. Auch Tunda kannte nicht viel mehr von ihr, obwohl er beinahe ein Jahr mit ihr zusammenlebte. Daß er zu ihr kam, erscheint mir, wie schon gesagt, selbstverständlich. Ach, er gehörte nicht zu den sogenannten „aktiven Naturen". (Es wäre allerdings ebenso falsch, von seiner „Passivität" zu sprechen.) Alja empfing ihn wie ein stilles Zimmer. Abgeschlossen von jeder Lust, sich anzustrengen, zu kämpfen, sich zu ereifern oder auch nur sich zu ärgern, lebte er auf einem abseitigen Weg. Er brauchte nicht einmal verliebt zu sein. Auch die kleine häusliche Strategie blieb ihm erspart. Alja half ihrem Onkel, dem Töpfer, bei Tag. Wenn der Abend anbrach, schlief sie bei ihrem Mann. Es gibt kein gesünderes Leben.

Inzwischen bekam Tunda einen Stellvertreter. Er selbst ging mit seiner Frau nach Baku. Er sollte Filmaufnahmen für ein wissenschaftliches Institut machen.

Es schien ihm, daß er den wichtigsten Teil des Lebens hinter sich habe. Es war nicht mehr an der Zeit, sich Erwartungen hinzugeben. Er hatte das dreißigste Jahr überschritten. Er ging am Abend an das Meer und hörte die traurige dünne Musik der Türken. Er schrieb jede Woche seinem sibirischen Freund Baranowicz. Im Laufe der Zeit, in der sie sich nicht sahen, wurde Baranowicz wirklich sein Bruder. Der Name Tundas war nicht falsch, Tunda war wirklich Franz Baranowicz, Bürger der Sowjetstaaten, zufriedener Beamter, verheiratet mit einer schweigsamen Frau, wohnhaft in Baku. Vielleicht kamen zu ihm seine Heimat und sein früheres Leben manchmal im Traum.

## VIII

Jeden Abend konnte man im Hafen von Baku abseits von einer heiteren, buntgekleideten, lärmenden Menge einen Mann sehen, der in jeder anderen Stadt die Aufmerksamkeit einiger Menschen erregt hätte, hier aber unbemerkt und in eine starke und undurchsichtige Einsamkeit gehüllt blieb. Manchmal setzte er sich auf die niedrige steinerne Mauer, welche die See einfaßte, als wäre sie ein Garten, seine Füße hingen über dem Kaspischen Meer, und seine Augen hatten kein Ziel. Nur wenn ein Schiff landete, geriet er in eine sichtbare Erregung. Er drängte sich durch die dichten Scharen der Wartenden und betrachtete die aussteigenden Passagiere. Man hätte glauben können, daß er jemanden erwartete. Aber sobald alles vorbei war, die türkischen Lastträger wieder an den weißen Mauern lehnten oder in Gruppen Karten spielten, die leeren Phaetons langsam, die besetzten in einem feurigen und fröhlichen Tempo davongerollt waren, kehrte der einsame Mann offensichtlich zufrieden heim, nicht mit dem Ausdruck der Verlegenheit, die uns befällt, wenn wir jemanden vergeblich erwartet haben und allein zurückgehen müssen.

Wenn in Baku Schiffe ankommen, seltene, nur russische, aus Astrachan, herrscht Aufregung im Hafen. Die Menschen wissen, daß kein fremder Dampfer ankommen wird, kein englischer, kein amerikanischer. Aber aus der Ferne, wenn man den Rauch sieht, tun die Menschen so, als wüßten sie nicht, ob das Schiff nicht zufällig doch ein fremdes ist. Denn über allen Dampfern wehen die gleichen blauweißen Rauchfahnen. Auch wenn keine Dampfer ankommen, befindet sich Baku in einer Erregung. Sie kommt vielleicht von dem vulkanischen Boden. Manchmal erhebt sich der gefürchtete Wind, der keinen Widerstand findet, der über die flachen Dächer fegt, über die gelbe Landschaft ohne Vegetation, der Fenster, Stukkaturen, Steingeröll mit sich trägt und in dem selbst die Bohrtürme zu schwanken scheinen – in diesem Lande Stellvertreter der Bäume.

Tunda ging zum Hafen, wenn die Schiffe ankamen. Obwohl er wußte, daß es nur die alten heimischen Pendeldampfer waren, die einheimische Beamte und seltene fremde Kaviarhändler bringen konnten, stellte er sich doch immer wieder vor, die Schiffe kämen von irgendwelchen fremden Meeren. Schiffe sind die einzigen Fahrzeuge, denen man jede abenteuerliche Fahrt zutraut. Es müssen nicht einmal Dampfer sein. Jedes gewöhnliche Boot, jedes gemächliche Floß, jeder klägliche Fischerkahn kann das Wasser aller Meere gekostet haben. Für den Menschen, der an einem Ufer steht, sind alle Wasser gleich. Jede kleine Welle ist eine Schwester der großen und gefährlichen.

Ach, er war entschlossen gewesen, nichts Überraschendes mehr zu erwarten. Die Schweigsamkeit seiner Frau dämpfte das Geräusch der Welt und mäßigte den Lauf der Stunden. Dennoch floh er aus seinem Hause, er ging zum Hafen, und der Geruch dieses kleinen Meeres beunruhigte ihn heftig. Er kehrte wieder heim, sah Alja unbewegt am Fenster sitzen und die leere Straße betrachten. Sie wandte kaum den Kopf, wenn er kam, und wenn ein Geräusch im Zimmer entstand, lächelte sie, als wäre ihr etwas Heiteres begegnet.

In diesen Tagen begann Tunda, alle unbedeutenden Ereignisse niederzuschreiben, es war, als bekämen sie dadurch eine gewisse Bedeutung.

Eines Tages schrieb er:

## IX

### Auszug aus Tundas Tagebuch

„Gestern, um halb elf Uhr abends, lief mit einer Verspätung von drei Stunden der Dampfer „Grashdanin“ ein. Ich stand, wie immer, am Hafen und sah das Gedränge der Träger. Es kamen viele auffallend gutgekleidete Menschen, Passagiere der ersten Klasse. Es waren, wie gewöhnlich, russische NEP-Leute und einige auswärtige Händler. Seitdem ich dieses Tagebuch schreibe, interessieren mich die Ausländer besonders. Früher habe ich sie gar nicht beachtet. Die meisten kommen aus Deutschland. Wenige aus Amerika, einige aus Österreich und aus den Balkanländern. Ich unterscheide sie gut, manche kommen zu mir ins Institut, um Auskünfte zu holen. (In unserm Institut bin ich der einzige, der deutsch und französisch sprechen kann.) Ich gehe zum Hafen, schätze die Nationalität der Fremden ab und freue mich, wenn ich sie erraten habe. Ich weiß eigentlich nicht, woran ich sie erkenne. Ich wäre in Verlegenheit, wenn ich die nationalen Merkmale aufzuzählen hätte. Vielleicht ist es die Kleidung, nach der ich sie agnosziere. Da sind es auch nicht einzelne Kleidungsstücke, sondern die ganze Haltung. Manchmal könnte man Deutsche mit Engländern verwechseln, besonders, wenn es sich um ältere Menschen handelt. Deutsche und Engländer haben manchmal dieselbe rote Gesichtsfarbe. Aber die Deutschen haben Glatzen, die Engländer meist dichte weiße Haare, so daß ihre Gesichtsröte tiefdunkel erscheint. Ihr silbernes Haar ist nicht imstande, Ehrfurcht in mir zu erwecken. Im Gegenteil scheint es manchmal, als wären die Engländer aus Koketterie alt und grau geworden. Ihre Frische hat etwas Widernatürliches und, ich weiß nicht, ob man es sagen kann: Gottloses. Sie sehen so unnatürlich aus wie Bucklige in Geradehaltern. Sie gehen herum wie zur Reklame für Turngeräte und Tennis-Rackets, die ein jugendliches Greisenalter garantieren.

Dagegen sehen manche ältere Herren vom Kontinent so aus, als hätten sie eine Reklame für Büromöbel und gute Sessel zu besorgen. Von den Hüften abwärts werden sie breit, ihre beiden Knie stoßen gegeneinander, auch die Arme sind dem Oberkörper so nahe, als lägen sie auf weichen breiten, ledernen Stuhllehnen.

Gestern kamen drei Europäer an, von denen ich im ersten Augenblick nicht wußte, aus welchem Lande sie stammen konnten. Es waren eine Dame, ein älterer kleiner breitschulteriger Mann mit braunem Gesicht und schwarzgrauem Bart, ein jüngerer Mann, braun, mittelgroß, mit hellen Augen, die in seinem tiefbraunen Gesicht fast weiß waren, einem sehr schmalen Mund und auffallend langen Beinen in weißen Leinenhosen, in denen die Kniegelenke eingehüllt waren wie in einer zweiten oberen Haut.

Der kleine bärtige Mann erinnerte ein wenig an die Zwerge aus buntem Stein und Gips, die in manchen Gärten in der Mitte der Beete stehen. Auch an diesem Herrn beleidigte mich die Gesundheit, das übermütig gebräunte Gesicht in der bärtigen Umrahmung. Er ging mit schnellen kurzen Schritten neben dem langbeinigen Mann und der großen Dame, er hüpfte fast neben ihnen. Es sah eigentlich aus, als würde er wie ein Tier von der Dame an einer dünnen Leine geführt. Er machte lebhafte Bewegungen, einmal warf er seinen weichen hellen Hut in die Luft, knapp bevor sie in den Phaeton einstiegen. Zwei Träger folgten ihnen mit Koffern.

Ich denke mir, daß die Bewegungen des Bärtigen zu Hause langsam und genau berechnet sind. Auf Reisen ist er lebhaft. Der Lärm war groß, auch sprachen sie leise, so daß ich nichts hörte, obwohl ich mich bis zu ihnen vordrängte.

Die Frau in der Mitte war die erste elegante Dame, die ich seit meiner Rückkehr aus dem letzten Wiener Urlaub gesehen habe.

Heute früh kamen sie zu mir.

Es sind Franzosen. Der Herr ist ein Pariser Rechtsanwalt, er schreibt nebenbei für den „Temps“. Die Dame ist seine Frau, der junge Mann sein

Sekretär. Der junge Mann ist einer der wenigen Franzosen, die Russisch verstehen. Deshalb und wahrscheinlich der Dame wegen ist er auch nach Rußland gekommen.

Als mich die Dame ansah, fiel mir Irene ein, an die ich schon lange nicht gedacht hatte. Nicht als ob diese Dame meiner Braut ähnlich wäre!

Sie ist schwarz, sehr schwarz, ihr Haar ist fast blau. Ihre Augen sind schmal, sie schaut mich mit einer vornehmen Kurzsichtigkeit an. Es sieht aus, als paßte es ihr nicht, mich offen und gerade anzusehen. Ich erwarte, wenn sie zu mir spricht, immer irgendeinen Befehl. Aber es fällt ihr gar nicht ein, mir zu befehlen. Wahrscheinlich wäre ich sehr glücklich, wenn sie geruhen würde, mir einen Auftrag zu geben.

Sie trommelt manchmal mit Zeige-, Mittel- und Ringfinger einer Hand auf ein Buch, eine Stuhllehne, den Tisch. Es ist ein langsames Trommeln und eine Art schnelles Streicheln. Ihre Nägel sind schmal und weiß, blutleere Nägel, ihre Lippen sind, als wär's ein absichtlicher Kontrast, sehr rot geschminkt.

Sie trägt schmale graue Schuhe aus dünnem Handschuhleder, ihre Zehen sind lang, man sieht sie unter dem Leder, ich möchte sie mit einem Bleistift nachzeichnen.

Der Sekretär – nach seiner Karte heißt er Monsieur Edmond de V. – sagte mir:

„Sie sprechen nicht französisch wie ein Slawe. Sind Sie Kaukasier oder Russe?“

Ich log. Ich erzählte ihm, daß meine Eltern Eingewanderte wären und ich in Rußland geboren sei.

„Wir fahren jetzt“, sagte Monsieur de V., „nun drei Monate durch Rußland. Wir waren in Leningrad, in Moskau, in Nishnij Nowgorod, auf der Wolga, in Astrachan. Man weiß bei uns in Frankreich sehr wenig von Sowjetrußland. Bei uns stellt man sich ein russisches Chaos vor. Wir sind überrascht von der Ordnung, allerdings auch von der Teuerung. Für dieses Geld hätten wir alle französischen Kolonien in Afrika durchforschen können – insoweit sie nicht schon zu langweilig sind."

„Sie sind also enttäuscht?" fragte ich.

Der bärtige Rechtsanwalt warf einen Blick auf seinen Sekretär. Die Dame sah geradeaus, sie wollte sich nicht einmal mit einem Blick an unserm Gespräch beteiligen. Ich merkte, daß alle drei vor meiner Frage erschraken. Wahrscheinlich glaubten sie doch nicht an die Ordnung bei uns. Sie hielten mich vielleicht für einen Spitzel.

„Sie haben nichts zu fürchten. Sagen Sie ruhig Ihre Meinung. Ich bin nicht von der Polizei. Ich mache wissenschaftliche Filmaufnahmen für unser Institut."

Die Dame warf mir einen schmalen schnellen Blick zu. Ob sie böse war oder ob sie mir glaubte, konnte ich nicht erkennen.

(Jetzt erst fällt mir ein, daß ich sie vielleicht enttäuscht habe. Vielleicht gefiel ich ihr gerade, solange sie glauben konnte, ich trüge irgendein Geheimnis.)

Monsieur Edmond de V. aber sagte mir, indem er freundliche Augen machte und einen verächtlichen Mund – so daß ich nicht wußte, welchem Gesichtsteil ich glauben soll –, Monsieur de V. sagte:

„Sie dürfen nicht glauben, mein Herr, daß wir Angst haben. Wir sind mit den besten Empfehlungen ausgestattet, es ist beinahe so, als hätten wir eine offizielle Mission. Wir würden es Ihnen sagen, wenn wir enttäuscht wären. Nein, wir sind es nicht. Wir sind entzückt von der Gastfreundschaft Ihrer Behörden, Ihrer Menschen, Ihres Volkes. Wir sehen nur – ich darf es von uns allen sagen –, wir sehen nur in dem, was Sie als eine grundsätzliche soziale Veränderung bezeichnen, eine ethnologische, eine russische. Für uns ist der Bolschewismus so russisch wie – verzeihen Sie diesen Vergleich – der Zarismus. Außerdem – und ich befinde mich in diesem Punkte im Gegensatz zu den Herrschaften – habe ich die Hoffnung, daß Sie viel Wasser in Ihren Wein schütten werden."

„Sie wollen wahrscheinlich sagen“, erwiderte ich, „Wein in Ihr Wasser.“

„Sie übertreiben, mein Herr, ich schätze Ihre Höflichkeit.“

„Sie provozieren vielleicht!“ sagte die Dame und sah in die Luft.

Es war der erste Satz, den sie direkt an mich gerichtet hatte, und sie sah mich nicht an, als wollte sie zu erkennen geben, daß sie, auch wenn sie zu mir sprach, nicht gerade unbedingt und nur zu mir sprach.

„Ich hoffe, daß Sie scherzen und keinen Verdacht –“

„Es war ein Scherz“, unterbrach mich der Rechtsanwalt. Wenn er sprach, bewegte sich sein Bart, ich versuchte, schon aus den Bewegungen zu erkennen, was er gesagt hatte.

„Vielleicht wird es Ihnen angenehm sein, mir von Frankreich zu erzählen. Es kommt selten jemand aus Ihrem Lande. Ich kenne es nicht.“

„Es ist schwer, Frankreich zu beschreiben, einem Russen, der Europa nicht kennt“, sagte der Sekretär, „und es ist besonders für uns Franzosen schwer. Jedenfalls werden Sie aus unseren Büchern und Zeitungen nicht einen ganz genauen Eindruck haben. Was wollen Sie? Paris ist die Hauptstadt der Welt, Moskau wird es vielleicht noch werden. Paris ist außerdem die einzige freie Stadt der Welt. Bei uns wohnen Reaktionäre und Revolutionäre, Nationalisten und Internationalisten, Deutsche, Engländer, Chinesen, Spanier, Italiener, wir haben keine Zensur, wir haben loyale Schulgesetze, gerechte Richter –“

„– und eine tüchtige Polizei“, sagte ich, weil ich es aus den Erzählungen einiger Kommunisten wußte.

„Gerade über Ihre Polizei haben Sie sich nicht zu beklagen“, sagte die Dame. Sie sah mich immer noch nicht an.

„Unsere Polizei haben Sie nicht zu fürchten“, meinte der Sekretär. „Wenn Sie einmal zu uns kommen wollten, nicht mit feindlichen Absichten natürlich – so können Sie immer auf mich rechnen.“

„Sicherlich“, bekräftigte der Bart.

„Ich werde mit den friedlichsten Absichten kommen", versicherte ich. Ich fühlte, wie treuherzig ich dabei aussah. Die Dame sah mich an. Ich betrachtete ihre schmalen roten Lippen und sagte, plump und kindisch, denn es schien mir, daß ich meine grobe Treuherzigkeit noch übertreiben müßte: „Ich würde zu Ihnen kommen – Ihrer Frauen wegen."

„Oh, Sie sind charmant!" stieß der Bart sehr eilig hervor. Vielleicht hatte er Angst, daß seine Frau es sagen würde. Er konnte es trotzdem nicht verhindern, daß sie lächelte.

Ich hätte ihr gerne gesagt: Ich liebe Sie, Madame.

Sie begann zu sprechen, als wäre sie ganz allein:

„Ich könnte niemals in Rußland leben. Ich brauche den Asphalt der Boulevards, eine Terrasse im Bois de Boulogne, die Schaufenster der Rue de la Paix."

Sie verstummte plötzlich, wie sie zu sprechen angefangen hatte. Es war, als hätte sie alle duftenden, glänzenden Kostbarkeiten vor mir ausgeschüttet. Es lag an mir, sie aufzulesen, zu bewundern, zu besingen.

Ich sah sie an, minutenlang, nachdem sie aufgehört hatte. Ich wartete noch auf einige Herrlichkeiten. Ich wartete eigentlich auf ihre Stimme. Es war eine tiefe, scharfe und kluge Stimme.

„Nirgends lebt man so gut wie in Paris", fing der Sekretär wieder an, „ich selbst bin ein Belgier. Es ist also kein Lokalpatriotismus."

„Sie sind aus Paris?" fragte ich die Dame.

„Aus Paris; wir wollen nachmittags ins Petroleumgebiet fahren", sagte sie schnell.

„Wenn Sie nichts dagegen haben, begleite ich Sie."

„Ich würde dann arbeiten und erst morgen früh hinfahren", sprach der Bart.

Vorher aß ich im vegetarischen Restaurant, denn ich hatte keinen Hunger. Auch das Geld ging zu Ende. Ich bekam erst in zehn Tagen Gehalt. Ich fürchtete, die Dame würde einen Wagen brauchen – ich hätte ihn noch bezahlen können. Aber wie, wenn sie mehr brauchte? Wenn sie plötzlich essen wollte? Ich durfte mir vom Sekretär nichts bezahlen lassen.

Ich aß ohne Appetit. Um halb drei Uhr stand ich in glühender Sonne vor dem Bahnhof.

Nach zwanzig Minuten kam sie in einem Wagen, allein.

„Sie werden mit mir allein fahren müssen“, sagte sie. „Wir haben beschlossen, Herrn de V. bei meinem Mann zu lassen. Er will in der Stadt herumgehen und hat Angst, weil er sich nicht verständigen kann.“

Wir saßen zwischen Straßenhändlern, Arbeitern, halbverhüllten Mohammedanerinnen, obdachlosen Knaben, lahmen Bettlern, Kolporteuren, weißen Zuckerbäckern, die orientalische Süßigkeiten verkauften. Ich zeigte ihr die Bohrtürme.

„Es ist langweilig“, sagte sie.

Wir kamen in Sabuntschi an.

Ich sagte: „Es ist überflüssig, die Stadt zu sehen. Es wäre mühevoll, es ist heiß. Wir wollen auf den nächsten Zug warten. Wir fahren zurück.“

Wir fuhren zurück.

Als wir wieder in Baku ausstiegen, schämten wir uns. Nach einigen Minuten sahen wir uns gleichzeitig an und lachten.

Wir tranken Sodawasser in einer kleinen Bude, die Fliegen summten, ein ekelhaftes Fliegenpapier hing am Fenster.

Mir wurde sehr heiß, obwohl ich unaufhörlich Wasser trank. Ich hatte nichts zu sagen, das Schweigen war noch drückender als die Hitze. Sie aber saß, unberührt von der Hitze, dem Staub, dem Schmutz, der uns umgab, und wehrte nur manchmal eine Fliege ab.

„Ich liebe Sie“, sagte ich – und obwohl ich ohnehin ganz rot vor Hitze war, wurde ich noch röter.

Sie nickte.

Ich küßte ihre Hand. Der Sodawasserhändler sah mich böse an. Wir gingen.

Ich ging mit ihr durch die asiatische alte Stadt. Der Tag war noch voll. Ich verwünschte ihn.

Wir gingen zwei Stunden kreuz und quer. Ich fürchtete, sie würde müde werden oder wir könnten ihrem Mann und dem Sekretär begegnen. Wir gelangten zum Meer, ohne Absicht. Wir saßen am Kai, ich küßte immer wieder ihre Hand.

Alle Menschen sahen uns an. Ein paar Bekannte grüßten mich.

Die Nacht fiel schnell ein. Wir gingen in ein kleines Hotel, der Wirt erkannte mich, es ist ein levantinischer Jude. Er hält mich für einen einflußreichen Mann und ist wahrscheinlich froh, daß er etwas Intimes von mir weiß. Wahrscheinlich hat er sich vorgenommen, gelegentlich von seinem Geheimnis Gebrauch zu machen.

Es war finster, wir fühlten das Bett, wir sahen es nicht.

„Hier sticht etwas“, sagte sie später.

Aber wir machten kein Licht.

Ich küßte sie, sie zeigte mit dem Finger dahin, dorthin, ihre Haut leuchtete im Dunkel, ich jagte mit zitternden Lippen ihrem hüpfenden Finger nach.

Sie stieg in einen Wagen, sie will morgen vormittag mit dem Mann und dem Sekretär wiederkommen. Sie wird Abschied nehmen. Sie fahren in die Krim und dann von Odessa nach Marseille.

Ich schreibe dies zwei Stunden, nachdem ich sie geliebt habe. Es scheint mir, daß ich es aufschreiben muß, damit ich morgen noch weiß, daß es wahr gewesen ist.

Soeben ist Alja ins Bett gegangen.

Ich liebe sie nicht mehr. Ihre stille Neugier, mit der sie mich seit Monaten empfängt, erscheint mir tückisch. So wie ein Schweigsamer einen Angeheiterten und einen Beredten aushorcht, so empfängt sie meine Liebe – –“

Sie kamen am nächsten Tag, von Tunda Abschied nehmen.

„Ich habe“, sagte der Rechtsanwalt, „Herrn de V. absichtlich gestern zurückgehalten. Ich bin überzeugt, daß man zwei Personen nicht soviel zeigen kann wie einer einzigen. Nach dem, was meine Frau gestern erzählt hat, müssen Sie eine Menge interessanter Dinge gesehen haben.“

Der Rechtsanwalt hatte wirklich Ähnlichkeit mit einem Zwerg, aber nicht mehr mit einem harmlosen, der in einem grünen Rasen steht, sondern mit einem, der in einem unheimlichen Geröll wohnt.

Sie verabschiedeten sich wie fremde Menschen. „Hier“, sagte die Dame, bevor sie ging, und sie gab Tunda einen Zettel mit ihrer Adresse.

Er las ihn erst eine Stunde später.

Seit diesem Tag wußte Tunda, daß er in Baku nichts mehr zu tun habe.

Die Frauen, die uns begegnen, erregen mehr unsere Phantasie als unser Herz. Wir lieben die Welt, die sie repräsentieren, und das Schicksal, das sie uns bedeuten.

Von dem Besuch der fremden Frau war ihr Wort von den Schaufenstern der Rue de la Paix zurückgeblieben. An die Schaufenster der Rue de la Paix dachte Tunda, als er seine alten Papiere hervorsuchte.

Es war ein offener Befehl, Nummer 253, mit rundem Stempel, unterschrieben von Kreidl, Oberst, ausgestellt vom Feldwebel Palpiter. Das gelbe, in seinen Falten porös gewordene Papier hatte eine gewisse Weihe bekommen, es war glatt, es fühlte sich an wie Talg und erinnerte an die Glätte der Kerzen. Unbezweifelbar war sein Inhalt. Da stand, daß der Oberleutnant Franz Tunda zwecks Monturenfassung sich nach Lemberg zu begeben habe.

Wäre er nicht einen Tag später in Gefangenschaft geraten, so wäre aus dieser Dienstreise ein kleiner verstohlener Abstecher nach Wien geworden.

Hier stand der Name Franz Tunda so groß, so stark, so sorgfältig mit Haar und Schatten aufgezeichnet, daß er beinahe aus der Fläche des Papiers herauskam, zu eigenem Leben.

In den Namen lebt eine Kraft wie in Kleidern. Tunda, der seit einigen Jahren Baranowicz war, sah aus dem Dokument den alten Tunda heraustreten.

Neben dem offenen Befehl lag die Photographie Irenes. Der Pappendeckel war verbogen, das Bild verblaßt. Es zeigte Irene in einem dunklen hochgeschlossenen Kleid, einem ernsten Kleid, wie man es anzieht, wenn man sich für einen Krieger im Feld photographieren läßt. Lebendig war noch der Blick, kokett und klug, gelungene Mischung aus einer natürlichen Veranlagung und einer photographischen Retouche.

Während Tunda das Bild ansah, dachte er an die Schaufenster der Rue de la Paix.

## X

Eines Tages erschien im österreichischen Konsulat in Moskau ein Fremder in einer schwarzen Lederjoppe, in zerrissenen Schuhen, mit Bartstoppeln in einem braunen und hart geschnitzten Gesicht, mit einer alten Pelzmütze, die noch älter aussah, als sie war, weil draußen die erste warme Märzsonne leuchtete. Sie fiel durch zwei breite Fenster auf die braune Holzbarriere, hinter der ein Beamter saß, und bestrahlte bunte Prospekte aus den Kurorten von Salzburg und Tirol. Der Fremde sprach einen einwandfreien ärarischen Dialekt, den Dialekt der besseren österreichischen Stände, der auch manche hochdeutsche Worte gestattet, wenn sie mit Melodie gesagt werden, und der aus der Ferne wie eine Art nasales Italienisch klingt. Dieser Dialekt bekräftigte und erhärtete die Erzählungen des Fremden besser, als es jedes Dokument vermocht hätte. Eines Nachweises bedurften diese Erzählungen allerdings, denn sie klangen unwahrscheinlich.

Der Fremde gab an, daß er im Jahre 1916 als österreichischer Oberleutnant in ein sibirisches Kriegsgefangenenlager gekommen war. Von dort war es ihm gelungen zu fliehen. Seit dem Tage seiner Flucht lebte er in den sibirischen Wäldern, mit einem Jäger zusammen, der ein Haus am Rande der Taiga besaß. Beide Männer nährten sich von der Jagd. Endlich hatte den einen das Heimweh ergriffen. Er begann, ohne Geld, seine Wanderung. Sechs Monate war er unterwegs. Mit der Bahn konnte er nur kurze Strecken zurücklegen. Er hatte noch ein altes Dokument, einen offenen Befehl. Daraus war zu ersehen, daß der Fremde Franz Tunda hieß und Oberleutnant in der alten österreichischen Armee gewesen war. Die österreichische Staatsbürgerschaft hatte er auch nach dem Zerfall der Monarchie nicht verloren, weil er nach seinem Vater in Linz, Oberösterreich, zuständig war. Ein Telegramm nach Linz mit bezahlter Rückantwort bewies die Behauptungen des früheren Offiziers. Im Archiv des Kriegsministeriums in Wien befanden sich noch alte Klassenbücher der Kadettenschule, die des Oberleutnants Angaben ebenfalls bestätigten. Die letzten Bedenken des Konsuls zerstreute die sympathische und aufrichtige Art des Fremden, der so aussah, als ob er nie in seinem Leben gelogen hätte, und die Tatsache, daß der schlaue Beamte einem ehemaligen Offizier nicht die Klugheit zutraute, die zu einer Lüge gehört.

Es bestand kein Gesetz, demzufolge verspätete Heimkehrer aus Sibirien eine Heimfahrt auf Kosten des sparsamen österreichischen Staates unternehmen konnten. Wohl aber gab es eine Unterstützungskasse für „besondere Fälle“ – und der österreichische Gesandte gestattete nach einigem Zögern, das er mehr seinem Amt als seinem Gewissen schuldig war, die Einreihung Tundas unter „besondere Fälle“.

Tunda bekam einen österreichischen Paß, durch Vermittlung der Gesandtschaft eine Ausreisebewilligung vom russischen Kommissariat für Auswärtige Angelegenheiten und eine Fahrkarte über Kattowitz nach Wien. Es war schneller gelungen, als er gedacht hatte. Er konnte also seine Absicht, nach Baku zu fahren und von seiner Frau Abschied zu nehmen, nicht mehr ausführen. Denn er nahm an, daß er von der Polizei beaufsichtigt und daß seine Rückkehr ihn verraten würde. Er befand sich in einer jener Situationen, in denen man durch äußere Umstände gezwungen wird, ein Unrecht, das man mit Willen und Wissen begeht, noch gegen den eigenen Willen zu verschärfen. Er war feige, weil er eine Frau allein ließ. Aber er wurde noch jämmerlicher, weil er von dieser Frau nicht einmal Abschied nahm. Er schrieb ihr nur, daß er für einige Monate verreisen müsse. Er legte einige Geldscheine in den Brief, weil er Angst hatte, das Geld auf der Post aufzugeben. Er teilte seiner Frau noch die Adresse seines Bruders mit, Irkutsk, postlagernd, für alle Fälle.

Dann saß er eines Abends in einem Zug, der nach dem Westen fuhr, und es schien ihm, daß er nicht freiwillig fahre. Es war so gekommen wie alles in seinem Leben, wie das meiste und Wichtigste auch im Leben der anderen kommt, die durch eine geräuschvolle und mehr bewußte Aktivität verführt werden, an die Freiwilligkeit ihrer Entschließungen und Handlungen zu glauben. Indessen vergessen sie nur über ihren eigenen lebhaften Bewegungen die Schritte des Schicksals.

An einem jener schönen Aprilvormittage, an denen Wiens innere Stadt ebenso fröhlich wie elegant ist, an einem jener Vormittage, an denen auf der Ringstraße schöne Frauen mit unbeschäftigten Herren spazierengehen, auf den jungen Terrassen der Kaffeehäuser dunkelblaue Siphons leuchten und die freiwillige Rettungsgesellschaft Propagandaumzüge mit Musik veranstaltet, erschien auf der bevölkerten Sonnenseite des Grabens Franz Tunda in demselben Anzug, in dem er vor dem Moskauer Konsulat aufgetreten war, und erregte zweifellos Aufsehen. Er sah genauso aus, wie sich ein Drogist, der an der Ecke vor der Tür seines duftenden Ladens stand, einen „Bolschewiken“ vorstellte. Tundas lange Beine erschienen noch länger, weil er Reithosen und hohe weiche Kniestiefel trug. Sie verbreiteten einen starken Geruch von Leder. Die Pelzmütze saß tief über seinen mißmutigen Augen. Der Drogist las jedenfalls in diesem Gesicht Gefahr für seinen Laden.

Tunda befand sich also in Wien. Er bezog Arbeitslosenunterstützung, lebte kümmerlich und suchte einige seiner alten Freunde auf. Man erzählte ihm, daß seine Braut geheiratet hatte und wahrscheinlich in Paris lebte.

## XI

Ende April erhielt ich folgenden Brief von Franz Tunda.

„Lieber Freund Roth,

gestern nacht habe ich zufällig Deine Adresse erfahren. Vor zwei Monaten bin ich heimgekehrt – ich weiß nicht, ob dieses Wort angebracht ist. Ich lebe vorläufig von der Arbeitslosenunterstützung und bewerbe mich um eine Stelle als Schreiber beim Wiener Magistrat. Das ist wahrscheinlich aussichtslos. In dieser Stadt bewerben sich vierzig Prozent der Einwohner um irgendeine Stelle. Außerdem – ich gestehe Dir gerne, daß ich unglücklich wäre, wenn ich hier einen Posten bekäme.

Du fragst natürlich, warum ich Rußland verlassen habe. Ich weiß keine Antwort. Ich schäme mich auch nicht. Ich glaube nicht, daß es einen Menschen in der Welt gibt, der Dir mit reinerem Gewissen sagen könnte, weshalb er das oder jenes getan oder unterlassen hat. Ich weiß nicht, ob ich nicht morgen nach Australien, nach Amerika, nach China oder zurück nach Sibirien, zu meinem Bruder Baranowicz, ginge, wenn ich gerade könnte. Ich weiß nur, daß nicht eine sogenannte „Unruhe“ mich getrieben hat, sondern im Gegenteil – eine vollkommene Ruhe. Ich habe nichts zu verlieren. Ich bin weder mutig noch abenteuerlustig. Ein Wind treibt mich, und ich fürchte nicht den Untergang.

Ich esse nur einmal täglich kalt und trinke Tee in einem kleinen Volkskaffee.

Ich trage eine blaue Rubaschka und eine graue Mütze und falle auf.

Wenn Du kannst, schick mir einen alten Anzug, aber einen neuen Hut. Ich wandere mindestens dreimal täglich über die Ringstraße, auch über den Graben am Vormittag, wenn das elegante Publikum spazierengeht.

Ich lasse mir inzwischen einen Bart wachsen, weil ich ohnehin schon auffällig bin.

Heute vor zehn Jahren gehörte ich selbst zu diesem Publikum. Es war mein letzter Urlaub. Fräulein Hartmann ging an meiner Rechten, an meine Linke schlug der Säbel. Es war damals mein einziger Wunsch, nach dem Krieg zur Kavallerie transferiert zu werden. Der alte Herr Hartmann hätte es durchsetzen können. Jetzt liegt er am Zentralfriedhof. Ich habe aus Pietät und Langeweile sein Grab gesehen. Es ist eine sogenannte Familiengruft. Ewige Veilchen blühen hier, unter einer roten Laterne, die ein geflügelter Knabe hält. Die Inschrift ist würdig und einfach, wie Hartmann selbst immer gewesen ist.

Ich höre, daß meine Braut erst vor vier Jahren geheiratet, also eine erheblich lange Zeit auf mich gewartet hat. Vor vier Jahren wäre ich vielleicht auch noch ein Mann für sie gewesen.

Heute aber – ich glaube, daß ich sehr fremd in dieser Welt geworden bin. – –

Du fragst, ob ich in Rußland heimisch war?

Ich lebte in den letzten Monaten in einem Zustand, für den es keinen Namen gibt, weder im Russischen noch im Deutschen, wahrscheinlich in keiner Sprache der Welt, in einem Zustand zwischen Resignation und Erwartung. Ich stelle mir vor, daß die Toten einen Augenblick lang in dieser Situation sind, wenn sie das irdische Leben aufgegeben und das andere noch nicht begonnen haben. Es kam mir vor, als hätte ich eine Aufgabe vollendet, so ganz, so rund vollendet, daß ich kein Recht mehr hatte, im Anblick ihrer unerbittlichen Fertigkeit zu verharren. Es war mir, als wäre Baranowicz gestorben und Tunda noch nicht geboren.

Ich lebte mit Alja, meiner kaukasischen Frau in Baku, in einer ganz bestimmten Vorläufigkeit, die kein Ende hat. Ich hatte die Aufgabe, photographische und Kinoaufnahmen aus dem Leben kaukasischer Völker zu machen und machen zu lassen. Ich strengte mich nicht an. Aber es ist ein großes und breites, verworrenes, mit Absicht, Kunst und viel Raffinement verworrenes Verwaltungssystem in den Sowjetstaaten, innerhalb dessen jeder einzelne nur ein kleiner oder größerer Punkt ist, verbunden mit einem nächstgrößeren Punkt und nichts ahnend von seiner Bedeutung für das Ganze. Du siehst im Leben, in den Straßen, in den Büros lauter solche Punkte, die in einer geheimen und wichtigen Beziehung, sogar in einer sehr nahen, zu dir stehen, aber du kennst diese Beziehung nicht. Es gibt einige erhöhte Punkte, die alle Beziehungen kennen, sie sehen dich gewissermaßen aus der Vogelperspektive. Du selbst aber siehst nicht, daß sie höher gelegen sind. Du weißt nicht, ob du ruhig in deiner Lage verbleiben wirst. Es ist möglich, daß du bald, im nächsten Augenblick, verschoben wirst – und gar nicht von oben her, sondern gleichsam von dem Fundament aus, auf dem du stehst. Stelle Dir ein Schachbrett vor, auf dem die Figuren nicht stehen, sondern in dem sie stecken, und die Hand des Spielers, der unter dem Tisch sitzt, dirigiert sie von unten her.

Du kannst nicht nur fürchten und hoffen, du hast sogar Pflichten und Funktionen. Du hast einen Idealismus, es ist Raum für einen persönlichen Ehrgeiz. Manchmal kannst du den Erfolg oder den Mißerfolg einer Handlung auch voraussehen. Aber in vielen Fällen geschieht etwas wider alle deine Erwartungen. Du hast zum Beispiel eine Pflicht außer acht gelassen und erwartest eine sehr unangenehme Folge. Aber es geschieht entweder gar nichts oder etwas sehr Angenehmes. Dabei weißt du nicht, ob sich die unangenehme Konsequenz nicht in der Maske einer angenehmen gezeigt hat. Du traust weder deinen Erfolgen noch deinen Mißerfolgen.

Das schlimmste ist, daß du fortwährend beobachtet wirst und nicht weißt, von wem. In dem Büro, in dem du arbeitest, ist jemand Mitglied der Geheimpolizei. Es kann die Putzfrau sein, die jede Woche den Boden scheuert, es kann aber auch der gelehrte Professor sein, der eben ein Alphabet der tattischen Sprache zusammenstellt. Es kann die Sekretärin sein, der du diktierst, oder der Hausverwalter, der sich um die Beschaffenheit der Büroutensilien kümmert und zerbrochene Fensterscheiben durch neue ersetzt. Alle sagen dir gleichmäßig: Genosse. Alle nennst du gleichmäßig: Genosse. Aber du wähnst in jedem einen

Beobachter und weißt gleichzeitig, daß jeder dich für einen Beobachter hält. Du hast kein schlechtes Gewissen, du bist ein Revolutionär, du hast keine Beobachtungen zu fürchten. Dann fürchtest du zumindest, daß du für einen Spitzel gehalten würdest. Du bist harmlos. Aber weil du dich bemühen mußt, harmlos zu erscheinen, merken die anderen deine Bemühungen. Du hast dann Angst, sie könnten dich nicht mehr für harmlos halten.

Es gehören gesunde Nerven zu diesem Leben und eine große Portion revolutionärer Überzeugung. Denn man muß voraussetzen, daß die Revolution, von lauter Feinden umgeben, keine anderen Möglichkeiten hat, ihre Macht zu sichern, als die, jedes Individuum zu opfern, wenn es nötig ist. Stelle Dir also vor: man liegt jahrelang auf einem Altar und wird nicht geschlachtet.

Ich wäre dennoch in Rußland geblieben – ich glaube es wenigstens –, wenn nicht eines Tages eine Gesellschaft aus Frankreich gekommen wäre, mehr Vergnügungs- als Studienreisende, ein Rechtsanwalt mit seiner Frau und seinem Sekretär. Der Sekretär war der Liebhaber der Frau, und der Rechtsanwalt wußte es so einzurichten, daß ich einen Tag allein mit seiner Frau zubrachte, einen Tag und einen unvergeßlichen Abend in einem Hotel. Ich war das Werkzeug seiner Rache. Die Frau, die mich für einen gefährlichen Spitzel von der Tscheka hielt, ließ mir beim Abschied einen Zettel zurück, auf dem sie mit triumphierender Schrift geschrieben hatte: „Sie sind also doch von der Geheimpolizei!“ – nachdem ich mich bemüht hatte, ihr den absurden Gedanken auszureden. Deshalb also hatte sie mit mir geschlafen.

Das nur nebenbei. – Wichtig ist, daß die Ankunft dieser Fremden mir plötzlich klarmachte, daß ich mein Leben erst zu beginnen hätte, obwohl ich schon ziemlich viel erlebt hatte. Merkwürdig war, daß mir sofort, als ich die Dame sah, der Name meiner Braut einfiel: Irene. Ich sehne mich nach ihr. Vielleicht weil ich nicht erfahren kann, wo sie lebt, mit wem sie verheiratet ist, und vielleicht, weil ich weiß, daß sie lange Zeit auf mich gewartet hat.

Ich glaube, daß die Ankunft der fremden Dame in Baku mehr bedeutet als einen Zufall. Es war, als hätte jemand eine Tür geöffnet, von der ich die ganze Zeit gedacht hatte, sie wäre keine Tür, sondern ein Teil der Mauer, die mich umgab. Ich sah einen Ausgang und benützte ihn. Jetzt stehe ich draußen und bin allerdings ratlos.

Das also ist Eure Welt! Ich wundere mich immer wieder über ihre Festigkeit. Als wir in Rußland für die Revolution kämpften, dachten wir gegen die Welt zu kämpfen; und als wir siegten, war der Sieg über die ganze Welt nahe. Noch jetzt weiß man drüben gar nichts von der Standhaftigkeit dieser Welt. Ich fühle mich fremd in ihr. Es ist, als protestierte ich gegen sie, wenn ich es Dir zweimal sage. Ich gehe mit fremden Augen, fremden Ohren, fremdem Verstand an den Menschen vorbei. Ich treffe alte Freunde, Bekannte meines Vaters und verstehe nur mit Anstrengung, was sie mich fragen.

Ich spiele meine Rolle als eben heimgekehrter „Sibiriak" weiter. Man fragt mich nach meinen Erlebnissen, und ich lüge, so gut ich kann. Um nicht in Widersprüche zu geraten, habe ich angefangen, alles aufzuschreiben, was ich im Laufe einiger Wochen erfunden habe; es sind fünfzig große Quartseiten geworden, ich amüsiere mich dabei, ich bin gespannt darauf, was ich weiter schreiben werde.

Es ist ein sehr langer Brief geworden. Du wunderst Dich darüber nicht – es ist lange her, seitdem wir uns zuletzt gesprochen haben. Ich grüße Dich in alter Kameradschaft

Franz Tunda

## XII

Wozu hatte er Rußland verlassen? Man könnte Tunda unsittlich nennen und charakterlos. Männer, die einen klaren Weg und ein sittliches Ziel haben, auch die Menschen, die einen Ehrgeiz haben, sehen anders aus als mein Freund Tunda.

Mein Freund aber war das Muster eines unzuverlässigen Charakters. Er war so unzuverlässig, daß man ihm nicht einmal Egoismus nachsagen konnte.

Er strebte nicht nach sogenannten persönlichen Vorteilen. Er hatte ebensowenig egoistische Bedenken wie moralische. Wenn es unbedingt nötig wäre, ihn durch irgendein Attribut zu kennzeichnen, so würde ich sagen, daß seine deutlichste Eigenschaft der Wunsch nach Freiheit war. Denn er konnte seine Vorteile ebenso wegwerfen, wie er Nachteile abzuwenden wußte. Er tat das meiste aus Laune, manches aus Überzeugung, und das heißt: alles aus Notwendigkeit. Er besaß mehr Lebenskraft, als die Revolution augenblicklich nötig hatte. Er besaß mehr Selbständigkeit, als eine Theorie, die sich das Leben anzupassen sucht, brauchen kann. Im Grund war er ein Europäer, ein „Individualist", wie gebildete Menschen sagen. Er brauchte, um sich auszuleben, kompliziertere Verhältnisse. Er brauchte die Atmosphäre verworrener Lügen, falscher Ideale, scheinbarer Gesundheit, haltbaren Moders, rotbemalter Gespenster, die Atmosphäre der Friedhöfe, die wie Ballsäle aussehen, oder wie Fabriken, oder wie Schlösser, oder wie Schulen, oder wie Salons. Er brauchte die Nähe der Wolkenkratzer, deren Baufälligkeit man ahnt und deren Bestand für Jahrhunderte trotzdem gesichert ist.

Er war ein „moderner Mensch".

Freilich lockte ihn seine Braut Irene. Er hatte den Weg, vor sechs Jahren begonnen, ein wenig unterbrochen. Er nahm ihn wieder auf. Wo lebte sie? Wie lebte sie? Liebte sie ihn? Hatte sie auf ihn gewartet? Was wäre er heute gewesen, wenn er damals zu ihr gelangt wäre?

Ich gestehe, daß ich, nachdem ich Tundas Brief gelesen hatte, zuerst alle diese Fragen überlegte und nicht die nächste: wie Tunda zu helfen? Ich wußte, daß er zu den Menschen gehörte, denen eine materielle Sicherheit gar nichts bedeutet. Er hatte niemals Furcht unterzugehen. Er hatte niemals die Angst vor dem Hunger, die heute fast alle Handlungen der Menschen bestimmt. Es ist eine Art Lebenstüchtigkeit. Ich kenne ein paar Menschen dieser Art. Sie leben wie Fische im Wasser: immer auf der Jagd nach Beute, niemals in der Furcht vor dem Untergang. Sie sind gefeit gegen Reichtum und gegen Elend. Entbehrungen sieht man ihnen nicht an. Daher sind sie auch mit einer Hartherzigkeit ausgestattet, die sie die private Not anderer nicht empfinden läßt. Sie sind die größten Feinde der Barmherzigkeit und des sogenannten sozialen Empfindens.

Sie sind also die geborenen Feinde der Gesellschaft.

Ich dachte erst eine Woche später daran, Tunda zu helfen. Ich schickte ihm einen Anzug und überlegte, ob ich nicht an seinen Bruder schreiben sollte, mit dem Tunda seit seinem Eintritt in die Kadettenschule nicht gesprochen hatte.

## XIII

Tundas Bruder Georg war Kapellmeister in einer mittelgroßen deutschen Stadt.

Eigentlich hätte Franz Musiker werden sollen. Der alte Major Tunda wußte die musikalische Begabung seines jüngeren Sohnes nicht zu schätzen. Er war ein Soldat, für ihn war ein Musiker ein Militär-Kapellmeister, ein Zivilbeamter, durch einen ganz ordinären Vertrag mit der Armee verbunden, immer in der peinlichen Lage, gekündigt werden zu können, mit einer geringen Pensionsberechtigung, wenn es nicht geschah. Der Major hätte aus dem einen Sohn am liebsten einen Staatsbeamten gemacht, aus dem anderen einen Offizier.

Georg fiel eines Tages, brach ein Bein und sollte sein Leben lang hinken. Er konnte die Schule nicht mehr regelmäßig besuchen. Franz hatte Musikunterricht genommen, Musiker werden wollen. Da aber die Krankheit des Bruders viel Geld kostete, Georg durch sein Gebrechen dem Major ohnehin nicht mehr gefiel, entschied er, daß die Musikstunden von nun ab Georg zu nehmen habe.

Franz kam aus Sparsamkeitsgründen in die Kadettenschule.

Damals haßte Franz seinen Bruder. Er beneidete ihn um das Glück, gefallen zu sein und das Bein gebrochen zu haben. Er wollte um jeden Preis die Kadettenschule verlassen. Er hoffte, eines Tages auch zu fallen und ein Bein zu brechen oder einen Arm. Was dann geschehen sollte, kümmerte ihn nicht mehr. Er wünschte sich zumindest einen Herzfehler. Er glaubte sehr schlau zu sein. Aber die Resultate seiner Bemühungen waren das Entzücken seiner Lehrer und seines Vaters und ausgezeichnete Prognosen für eine militärische Laufbahn.

Je größer seine Erfolge in der Kadettenschule wurden, desto stärker haßte er seinen Bruder. Georg studierte inzwischen an der Musikakademie. Zu den Weihnachts- und Osterferien mußten beide Brüder nach Hause kommen. Sie schliefen in einem Zimmer, aßen an einem Tisch und sprachen kein Wort miteinander. Sie unterschieden sich übrigens äußerlich stark. Franz sah seinem Vater ähnlich, Georg der Mutter. Es ist möglich, daß er durch das Gebrechen und durch den Zwang, im Zimmer zu bleiben, durch Einsamkeit und Nachdenklichkeit und Beschäftigung mit Büchern den traurigen Gesichtsausdruck bekam, der die meisten Juden auszeichnet und manchmal überlegen erscheinen läßt. Franz aber unterdrückte durch seine Lebensweise die tragischen Anlagen, die er vielleicht von seiner jüdischen Mutter geerbt hatte. Im übrigen möchte ich eher der Beschäftigung eines Menschen als seiner Rasse einen Einfluß auf seine Gesichtsbildung einräumen. (Ich habe schon antisemitische Bibliothekare gesehen, die, ohne aufzufallen, in jedem westjüdischen Tempel Vorbeter hätten sein können.)

Die beiden Brüder sprachen also nichts miteinander.

Es war Franz, mein Freund, der Urheber dieser verdrossenen Schweigsamkeit. Denn Georg war, wie man bald sehen wird, eine konziliante Natur. Er war der verwöhnte Liebling der Mutter. Darum beneidete ihn Franz fast mehr als um das lahme Bein. Er hätte gerne in der warmen Nähe der Mutter gelebt, nicht in der herben, kühlen und alkoholhaltigen Luft, die den Vater umwehte. Jedes Lob des Vaters schmerzte ihn. Jede Liebkosung, die Georg von der Mutter zuteil wurde, schmerzte ihn noch mehr.

Es waren die Ferienmahlzeiten im elterlichen Haus, die Franz niemals vergaß und von denen er manchmal erzählte. Da saß er an der linken Seite des Vaters, gegenüber der Mutter, neben der Mutter saß Georg, der Kusine Klara gegenüber, die ein Lyzeum in Linz besuchte und in Georg verliebt war. Man hätte glauben sollen, daß ein lahmer Musiker in den Augen eines jungen Mädchens auf jeden Fall weniger zu bedeuten hat als ein gesunder mutiger Kadettenschüler. Dem war aber nicht so. Die Mädchen, besonders die aus den Lyzeen, die mit der besonderen Vorliebe für Turnen und Ausflüge, sind mehr für Hinkende als für Reitende eingenommen und mehr für Musikalisches als für Martialisches. Das hat sich nur für die vier Jahre des Weltkrieges geändert, als sogar die Musik selbst, die Gymnastik und die Natur in den Dienst der Vaterländer traten, mit ihren männlichen und weiblichen Anhängern. Damals aber, als die schweigsamen Mahlzeiten im Tundaschen Hause stattfanden, war die Welt noch weit vom Kriege entfernt. Franz hatte Anlaß genug, auf Georg eifersüchtig zu sein.

Es kam gelegentlich vor, daß sie in ihrem gemeinsamen Zimmer gleichzeitig erwachten. Ihre Augen trafen sich, es fehlte wenig und einer hätte dem anderen guten Morgen gesagt. Denn so selbstverständlich war ihre Feindschaft, daß sie beinahe schon eine Fremdheit wurde, im Laufe einer Nacht vergessen – und wenn nicht vergessen, so doch keineswegs gewachsen. Aber dann besann sich der eine oder der andere – gewöhnlich war es Franz, der sofort umkehrte und so lange weiterschlief, bis der Bruder angezogen war und das Zimmer verlassen hatte.

## XIV

Nach dem Krieg heiratete Georg seine Kusine.

Er heiratete seine Kusine aus Mangel an Phantasie, aus Bequemlichkeit, aus Gewohnheit, aus Courtoisie, aus konzilianter Freundlichkeit, aus praktischen Gründen – denn sie war die reiche Tochter eines reichen Grundbesitzers. Nur ein Mann, dem es an Phantasie mangelte, konnte sie heiraten, denn sie war eine von den Frauen, die man „gute Kameraden“ nennt und die einen Mann mehr stützen als lieben können. Man kann sie gut verwenden, wenn man zufällig Bergsteiger, Radfahrer oder Zirkusakrobat ist oder auch gelähmt in einem Rollstuhl liegt. Was aber ein normaler Städter mit ihnen anfängt, ist mir immer rätselhaft geblieben.

Klara – schon dieser Name scheint mir verräterisch – war ein guter Kamerad. Ihre Hand glich ihrem Namen, sie war so einfach, so gesund, so bieder, so zuverlässig, so ehrlich, daß ihr nur noch die Schwielen fehlten, es war die Hand eines Turnlehrers. Klara hatte, sooft sie einen Mann begrüßen mußte, Angst, er könnte ihr die Hand küssen. Sie gewöhnte sich deshalb einen ganz besonderen Händedruck an, einen resoluten, biederen, bei dem der ganze Unterarm des Mannes nach unten gedrückt wurde – schon dieser Händedruck war eine Turnübung. Man ging gestärkt daraus hervor. In Deutschland und in England, in Schweden, Dänemark, Norwegen, in vielen protestantischen Ländern gibt es Frauen, die derart Männern die Hand drücken. Es ist eine Demonstration für die Gleichberechtigung der Geschlechter und für die Hygiene, es ist eine wichtige Episode in dem Kampf der Menschheit gegen die Bazillen und die Galanterie.

Klaras Beine waren sachliche, gerade Beine, Wanderbeine, keineswegs Instrumente der Liebe, sondern eher des Sports, ohne Waden. Daß sie in seidene Strümpfe gehüllt waren, schien ein unverzeihlicher Luxus. Irgendwo müssen sie doch Knie haben, dachte ich immer, irgendwo müssen sie in Schenkel übergehen, es ist doch unmöglich, daß Strümpfe in Unterhöschen hineinwachsen und damit basta?! Es war aber so, und Klara war kein Geschöpf der Liebe. Sie hatte sogar etwas wie einen Busen, aber es schien nur ein Etui für ihre sachliche Güte zu sein. Ob sie ein Herz besaß, wer kann es wissen?

Ich habe bei dieser Beschreibung Klaras kein gutes Gewissen. Denn es scheint mir sündig, einen der tugendhaftesten Menschen, die mir im Leben begegnet sind, zuerst nach seinen sekundären Geschlechtsmerkmalen zu beurteilen. Sie war nämlich tugendhaft, Klara, wie konnte sie anders? Sie bekam ein Kind, natürlich von ihrem eigenen Mann, dem Kapellmeister – und obwohl es keineswegs eine Sünde, sondern im Gegenteil eine Tugend ist, von dem eigenen Mann Kinder zu bekommen, sah die legitime ehrwürdige Schwangerschaft bei Klara wie ein Seitensprung aus, und wenn sie das Kind säugte, war es wie das achte Wunder, wie eine Anomalie und eine Sünde zugleich.

Übrigens konnte das Kind – es war ein Mädchen – schon im vierten Jahr radfahren.

Von ihrem Vater, dem reichen Gutsbesitzer, hatte Klara ihre soziale Gesinnung gelernt und geerbt. Soziale Gesinnung ist ein Luxus, den sich die Reichen gestatten dürfen und der außerdem noch den praktischen Vorteil hat, daß er zum Teil den Besitz erhält. Ihr Vater pflegte mit dem Oberförster ein Gläschen Wein zu trinken, mit dem Förster einen Kognak und mit dem Forstgehilfen ein Wort zu wechseln. Auch die soziale Gesinnung kennt feine Unterscheidungen. Er ließ sich niemals die Stiefel von einem seiner Diener ausziehen, er benutzte aus Gründen der Menschlichkeit den Stiefelknecht. Seine Kinder mußten sich im Winter mit Schnee waschen, allein den weiten Weg in die Schule gehen, um acht Uhr abends in ihre stockdunklen Zimmer steigen und die Betten selbst machen. Nirgends in der Nachbarschaft hatten Dienstboten eine bessere Behandlung. Klara mußte ihre Hemden eigenhändig bügeln. Kurz: der Alte war, wie man zu sagen pflegt, ein Mann von Schrot und Korn, ein tugendhafter Grundbesitzer, eine lebendige Abwehrmaßnahme gegen den Sozialismus, weit und breit verehrt und in den Reichstag gewählt, wo er als Mitglied einer konservativen Partei den Beweis lieferte, daß Reaktion und Humanität nicht unvereinbare Widersprüche sind.

Er erlebte noch Klaras Hochzeit, war loyal gegen den Kapellmeister und starb einige Wochen später, ohne auch nur mit einer Miene verraten zu haben, daß ihm ein Gutsbesitzer lieber gewesen wäre: Humanität bis zum Grabe.

## XV

Georg war konziliant. Es gibt Eigenschaften, die man nur mit einem Fremdwort bezeichnen kann. Ein konzilianter Mensch hat es im Leben schwerer, als man glaubt: die Schwierigkeiten, mit denen er zu kämpfen hat, können sich derart verdichten, daß er mitten im Lächeln eine tragische Erscheinung wird. Georg, der lauter Erfolge hatte, von den Frauen unaufhörlich in Anspruch genommen wurde und nicht nur die Kapelle des Operntheaters, sondern auch einen Teil der Bürgerschaft dirigierte – Georg war unglücklich. Er war sehr einsam inmitten der liebenswürdigen Welt, der eigenen und der fremden Freundlichkeit. Er hätte lieber in einer feindlichen oder in einer gleichgültigen Welt gelebt. Seine Freundlichkeit bedrückte zwar nicht sein Gewissen, aber seinen Verstand, der ungefähr so stark war wie der Verstand unliebenswürdiger Menschen, die manche Feinde haben. Jede Lüge, die er sagte, würgte ihn. Er hätte lieber die Wahrheit gesagt. Doch stieß im letzten Augenblick seine Zunge den Beschluß seines Gehirns um, und statt der Wahrheit erklang – worüber Georg selbst manchmal erstaunte – irgendeine polierte runde Sache von rätselhafter, angenehmer, melodiöser Beschaffenheit. An der Donau und am Rhein, den beiden legendären Strömen Deutschlands, wachsen manchmal solche Männer – wenig ist von den harten Nibelungen übriggeblieben.

Georg liebte seinen Bruder nicht – er vermutete in ihm den einzigen, der seine Lügen durchschaute. Er war froh, als man von Franz nichts hörte. Verschollen! – welch ein Wort! Welch ein Anlaß, traurig zu sein, traurig liebenswürdig, eine neue, bisher ungeübte Konzilianz. Dennoch war Georg der einzige, der vorläufig Franz helfen konnte.

Deshalb teilte ich Herrn Georg Tunda mit, daß sein Bruder zurückgekommen sei.

Hoch erfreut war darüber Klara. Jetzt hatte ihre Güte, lange Zeit tatenlos und ausgeruht, ein neues Objekt. Franz erhielt zwei Einladungen, eine herzlich aufrichtige und eine herzlich formvollendete. Die zweite stammte natürlich von Georg. Franz aber, der vor fünfzehn Jahren zuletzt mit seinem Bruder gesprochen hatte und daher weit davon entfernt war, ihn zu kennen – obwohl Georg gerade von Franz durchschaut zu sein glaubte –, Franz, der seinen Bruder nur der Musik wegen gehaßt hatte, Franz fuhr an den Rhein, in die Stadt der guten Oper und einiger Dichter von besserem Ruf.

## XVI

Unterwegs mußte er einmal umsteigen. Er hielt sich nirgends auf. Er sah von Deutschland nur die Bahnhöfe, die Schilder, die Reklametafeln, die Kirchen, die Gasthöfe in der Nähe der Bahn, die stillen und grauen Straßen der Vorstädte und die Vorortbahnen, die an müde, dem Stall entgegentrabende Tiere erinnern. Er sah nur die wechselnden Passagiere, einzelne Herren mit Aktentaschen in Cutaways, die jedes offene Fenster strafend ansahen und einen freien Platz mit finsterer Entschlossenheit einnahmen wie eine Festung. Sie schienen kampfbereit irgendeinen Feind zu erwarten, der zu ihrem Ärger nicht kam. Indessen studierten sie in Papieren, die sie den Taschen entnommen hatten, mit dem Eifer, mit dem man sich auf einen bevorstehenden Feldzug vorbereitet. Es mußten wichtige Papiere sein. Denn die Herren beschatteten sie mit ihren Armen, umrahmten sie oder nahmen sie gleichsam unter ihre Fittiche, damit kein unbefugter Blick sie treffe.

Andere, weniger strenge Herren ohne Aktentaschen, in weltgewandten grauen Reiseanzügen setzten sich mit einem Seufzer, sahen freundlich auf den Gegenübersitzenden und begannen bald mit einem Gespräch, das einen ernsten, moralischen, wenn nicht tagespolitischen Inhalt hatte. Hier und dort stieg ein Jäger ein, die Flinte in braunem Lederfutteral in der Rechten, in der Linken – oder auch umgekehrt – einen Stock mit einem Hirschgeweih als Griff. Es sah teils gemütlich und teils bedrohlich aus.

Tunda dachte mit Sehnsucht an die russischen Eisenbahnen und ihre harmlos geschwätzigen Passagiere.

In allen Coupés hingen Land- und Ansichtskarten, Reklametafeln für deutschen Wein und Zigaretten, für Landschaften, Berge, Täler, Ledermäntel, Speisewagen, Zeitungen und Zeitschriften, für Sicherheitsketten, mit denen man Koffer so zuverlässig an die Gepäcknetze schmieden konnte, daß eventuelle Diebe auch noch daran hängenblieben, so daß man die Missetäter nach der Rückkehr aus dem Speisewagen gemächlich fassen und gegen eine Entlohnung beim Stationsvorsteher abgeben konnte. Man konnte sich aber auch, wollte man bequemer zu Geld kommen, gegen sogenannten Reisediebstahl versichern lassen, womit nicht der Diebstahl einer Reise, sondern der gelegentlich einer Reise gemeint war, gegen Eisenbahnunfälle, gegen die ohnehin schon Hacke, Beil und Säge in Glaskästen ausgestellt waren, um den Unfällen von vornherein zu drohen. Man konnte sein Leben, seine Kinder, seine Enkel versichern lassen, so daß man fröhlich, in der Erwartung eines nahen Zusammenstoßes durch Tunnels raste, enttäuscht wieder aus der Finsternis kam und in der nächsten Station Frankfurter Würstchen mit Senf essen durfte.

Welch ein zuverlässiger Betrieb! Die Zeitschriften, die Würstchen, die Mineralflaschen, die Zigaretten, die Koffer, die Briefsäcke von der Post lagen sauber und in Fächern, hinter Glas und in Stanniolpapier und auf rollenden Karren, und wenn der Zug aus den großen Hallen glitt, die an Dome erinnerten, schien es, als rollten die Zurückgebliebenen, mit den Taschentüchern Winkenden, Schreienden, immer etwas Allerletztes noch Nachrufenden ebenfalls auf Rollschuhen. Selbst die Bahnhöfe standen nicht. Nur die Wächterhäuschen und die Signale standen wie Ehrenposten. Daß sie nicht in die Luft schossen, erschien wie eine Pflichtverletzung.

Tunda stand im Korridor und rauchte, er sah die Tafel nicht, die es ausdrücklich verbot, weil der Mensch etwas Widersinniges nicht sieht. So will es die Natur. Außerdem rauchte noch ein anderer Herr, verbarg aber, als er mit geübtem Ohr den Schaffner kommen hörte, die Zigarette in der gehöhlten Hand. Der Schaffner sah zwar auch die verborgene Zigarette, stellte den braven Herrn aber nicht zur Rede, denn es geht den meisten

Autoritäten weniger um die Einhaltung der Gebote als um die Einhaltung des Respekts. Der Schaffner machte nur Tunda aufmerksam, daß er Strafe zahlen würde – unter gegebenen Umständen, das heißt, wenn er, der Schaffner, nicht zufällig ein so gutmütiger Mensch wäre. Hierauf zerdrückte Tunda gehorsam die Zigarette, aber leider an der Fensterscheibe. Bei dieser Gelegenheit sagte ihm der brave Herr, der freiwillig die Pflichten des Schaffners auf sich zu nehmen gewillt schien, daß zum Ausdrücken der Zigaretten die Aschenbecher da wären, allerdings in den Abteilen.

Tunda, von zwei Seiten in die Schule genommen, versuchte durch Höflichkeit einem drohenden Unterricht zu entgehen, dankte, verneigte sich und begann die Landschaft zu loben, gewissermaßen, um sich zu revanchieren. Der Herr fragte ihn, ob er ein Fremder wäre. Tunda freute sich wie ein Schüler, der mit seinem Klassenlehrer in einen menschlichen Kontakt gerät und zum Beispiel Schulhefte nach Hause tragen darf. Bereitwillig erzählte er, daß er geradewegs über Wien aus Sibirien komme.

In Anbetracht dieses Umstandes, meinte der Herr, wäre es selbstverständlich, daß Tunda versucht hätte, die Zigarette an der Fensterscheibe auszudrücken.

Wahrscheinlich gäbe es auch Läuse in Sibirien.

„Freilich gibt es auch in Sibirien Läuse“, sagte Tunda zuvorkommend.

„Wo denn sonst?“ fragte der Herr mit einer hellen Stimme, die aus einem gläsernen Kehlkopf kam.

„Nun, überall, wo Menschen wohnen“, erwiderte Tunda.

„Doch nicht, wo saubere Menschen wohnen“, sagte der Herr.

„Es wohnen auch in Sibirien saubere Menschen“, meinte Tunda.

„Sie scheinen ja das Land sehr zu lieben?“ fragte der Herr ironisch.

„Ich liebe es“, gestand Tunda.

Hierauf entstand eine Pause.

Nach einigen Minuten erst sagte der Herr:

„Man gewöhnt sich leicht an fremde Länder."

„Unter gewissen Umständen, ja."

„Ich war letzten Frühling in Italien", begann der Herr, „Venedig, Rom, Sizilien – nachgeholte Hochzeitsreise, wissen Sie, man kam als Assessor ja gar nicht dazu – verzeihen Sie –"

Hier erfolgte eine merkwürdige Verwandlung des Herrn, er war plötzlich um einen Kopf größer, seine trüben Augen blitzten kühn und blau, über seiner Nasenwurzel erschien ein winziges Koordinatensystem aus Falten –

„Verzeihen Sie", sagte der Herr mit vorgeneigtem Oberkörper: „Staatsanwalt Brendsen."

Gleichzeitig schlugen seine Fersen mit scharfem Knall zusammen.

Tunda glaubte einen Augenblick, seine Verhaftung stünde bevor. Er besann sich, wurde ebenso ernst, machte Lärm mit den Stiefeln, nahm aktive Haltung an und schoß seinen Namen ab:

„Oberleutnant Tunda."

Nachdem ihn der Staatsanwalt noch eine Weile gemustert hatte, setzte er seine Erzählung von der nachgeholten Hochzeitsreise fort.

Es ergab sich später, daß der Staatsanwalt Tunda sogar eine Zigarette anbot, vorsichtig rechts und links nach dem Schaffner spähte und im Hinblick auf diesen äußerte:

„Ein braver Kerl!"

„Ein gewissenhafter Mensch!" stimmte Tunda zu.

Diese Charakteristik schien den Staatsanwalt wieder aufzuregen, wahrscheinlich paßte ihm die Verbindung von „gewissenhaft" und „Mensch" nicht. Deshalb sagte er nur:

„Na, na!"

Unter solchem Zeitvertreib erreichten sie die Stadt am Rhein.

## XVII

Es war zehn Uhr abends.

Auf dem Bahnsteig standen Menschen mit Regenschirmen, in nassen Kleidern. Die Bogenlampen schaukelten und wischten leichte Schatten über die feuchten Steine. Auf den Bogenlampen saßen viele Mücken und ließen sich wiegen. Man mußte sie bemerken, denn sie verdunkelten das Licht ganz erheblich, ließen aber dennoch nicht vergessen, daß es Bogenlampen waren.

Alle wunderten sich über die schwache Leuchtkraft der Lampen, sahen auf und schüttelten die Köpfe über die Frechheit der Insekten.

Tunda spähte, einen schweren Koffer in der Hand, nach einem bekannten Gesicht aus.

Ihn zu erwarten, war natürlich Klara gekommen. Georg war aus mehreren Gründen zu Hause geblieben. Erstens war es ein Sonnabend, an dem der Klub tagte. In diesem Klub versammelten sich die Akademiker der rheinischen Stadt und die Künstler, die Journalisten und von den anderen Berufen nur diejenigen, die das Ehrendoktorat hatten. Die Stadt selbst hatte eine Universität, die Ehrendoktorate für die Aufnahme in den Klub verteilte wie Eintrittskarten. Denn man konnte die Statuten, die nur Akademiker aufzunehmen erlaubten, nicht umstoßen. Allmählich war der Andrang in den Klub und zu den Ehrendoktoraten so groß geworden, daß die Universität einen Numerus clausus für Stifter aus Industriellenkreisen einführen mußte, nachdem schon ein anderer Numerus clausus für ausländische Juden einige Jahre lang bestanden hatte. Den Numerus clausus gegen ausländische Juden hatten die einheimischen Juden durchgesetzt, die behaupteten, ihre Vorfahren wären schon vor der Zeit der Völkerwanderung absichtlich mit den Römern an den Rhein gekommen. Es sah beinahe so aus, als wollten die Juden sagen, ihre Vorfahren hätten den Germanen erlaubt, sich am Rhein anzusiedeln, weshalb es die dankbare Pflicht der heutigen Deutschen wäre, die rheinisch-römischen Juden vor den polnischen zu bewahren. In diesem Klub war Georg heute.

Zweitens kam er nicht zur Bahn, weil er dadurch Klara ihres alten Vorrechts beraubt hätte, allein alle Angelegenheiten durchzuführen, die gewöhnlich in anderen Familien eine männliche Hand verlangen.

Drittens kam Georg nicht, weil er ein wenig Angst vor dem Bruder hatte und weil ein friedlicher Bruder, sobald er schon im Zimmer und womöglich vielleicht auch noch im Bett lag, viel weniger gefährlich war als ein eben aus dem Zug gestiegener.

Klara steckte in einer Lederjoppe aus braunem Kalb, es erinnerte an die Lederhemden, die mittelalterliche Ritter unter der Rüstung trugen. Sie erweckte den Eindruck, daß sie von weither kam, Gefahren in dunklen Wäldern zu bestehen hatte, sie erinnerte an Bürgerkrieg. Sie kam mit der offenen lauten Herzlichkeit verlegener und braver Menschen zu Tunda.

„Ich habe dich gleich erkannt", sagte sie.

Dann küßte sie ihn auf den Mund. Dann versuchte sie, ihm den schweren Koffer abzunehmen. Er konnte ihn ihr nicht entwinden und lief neben ihr her, wie ein Kind, das ein Dienstmädchen von der Schule abgeholt hat.

Vor dem Bahnhof sah er ein Gewimmel von Drähten, Bogenlampen, Automobilen, in der Mitte einen Schutzmann, der wie ein Automat die Arme streckte, rechts, links, aufwärts, abwärts, gleichzeitig aus einer Trillerpfeife Signale gab und so aussah, als würde er im nächsten Augenblick auch noch seine Beine für die Verkehrsregelung in Anspruch nehmen müssen. Tunda bewunderte ihn. Aus einigen Kneipen tönte Musik, sie füllte die Pausen, die der Verkehrslärm gelegentlich offen ließ, es war eine Atmosphäre von Sonntagsfreude, Becherklang, Steinkohle, Industrie, Großstadt und Gemütlichkeit.

Der Bahnhof schien ein Zentrum der Kultur zu sein.

Tunda kam erst zu sich, als sie vor der Villa des Kapellmeisters hielten.

Da war ein Gitter, das sofort zu knarren anfing, wenn man einen Knopf drückte, und gleichzeitig leicht aufging wie Butter. Da stand ein Diener in blauer Livree und verneigte sich wie ein Edelmann. Man ging über knirschenden nassen Kies, es war, als hätte man Sand zwischen den Zähnen. Dann kamen ein paar Treppen, auf deren oberster, unter einer silbernen Bogenlampe, ein weißes Mädchen stand, wie ein Engel, mit Schwingen am Hinterkopf, mit sanften braunen Augen und knicksenden Beinen. Dann kamen sie in eine braungetäfelte Halle, in der man Hirschgeweihe vermißte und in der eine Beethovenmaske das Jagdgerät vertrat.

Denn der Herr dieses Hauses war ein Kapellmeister.

„So reich seid ihr also?" sagte Tunda, der manchmal in seine alte Naivität zurückfiel.

„Nicht reich!" lächelte Klara verzeihend, deren soziales Gewissen sich mehr gegen das Wort als gegen den Zustand empörte:

„Wir leben nur kultiviert. Georg muß es haben."

Georg kam erst in einer Stunde nach Hause.

Er war im Smoking, hatte weiße und glattgepuderte Wangen, roch nach Wein und Rasierseife, was zusammen einen Geruch von Menthol ergab.

Franz und Georg küßten sich zum erstenmal in ihrem Leben.

Der Kapellmeister hatte vor Jahren von russischen Flüchtlingen einen silbernen Samowar gekauft, als Kuriosität. Zu Ehren des Bruders, der eine Art Russe geworden sein mochte, wurde das Möbelstück von dem livrierten Diener auf einem rollenden Tischchen hereingefahren. Der Diener trug weiße Handschuhe und griff mit einer silbernen Zuckerzange kleine Kohlenwürfel, um den Samowar zu heizen.

Ein Gestank wie von einer Kleinbahnlokomotive erhob sich.

Hierauf mußte Franz darlegen, wie man einen Samowar behandelt. Er hatte in Rußland keinen benützt, gestand es aber nicht, sondern verließ sich auf seine Intuition.

Indessen sah er viele jüdische Geräte im Zimmer, Leuchter, Becher, Thorarollen.

„Seid ihr zum Judentum übergetreten?" fragte er.

Es stellte sich heraus, daß in dieser Stadt, in der die ältesten jüdischen verarmten Familien wohnten, viele kostbare Geräte von künstlerischem Wert „halb umsonst“ zu haben waren. Übrigens gab es in anderen Zimmern auch Buddhas, obwohl weit und breit am Rhein keine Buddhisten leben, es gab auch alte Handschriften von Hütten, eine Lutherbibel, katholische Kirchengeräte, Madonnen aus Ebenholz und russische Ikonen.

So leben Kapellmeister.

Franz Tunda schlief in einem Zimmer, das der modernen Malerei gewidmet war. Auf seinem Nachttisch dagegen lag „Der Zauberberg“ von Thomas Mann.

## XVIII

Als er am nächsten Tag erwachte, war es Sonntag.

Hochmoderne, von pazifistisch umgestellten Kanonenfabriken aus Kriegsmaterial erzeugte Glocken riefen die Welt zum Gebet.

Im Hause roch es nach Kaffee. Beim Frühstück erfuhr Tunda, daß es ein koffeinfreier Kaffee war, der dem Herzen nicht schadete und dem Gaumen schmeckte.

Der Kapellmeister schlief noch. Künstler brauchen Schlaf. Klara aber hatte auch in der Ehe die gesunde Sitte ihres Elternhauses nicht vergessen. Sie erwachte wie ein Vogel mit dem ersten Sonnenstrahl. Mit dünnen Gummihandschuhen, wie sie die Operateure gebrauchen, wischte sie den Staub von den religiösen Gegenständen.

Tunda beschloß spazierenzugehen.

Er ging in die Richtung, aus der das Klingeln der Straßenbahn von Zeit zu Zeit ertönte. Er ging durch stille Gartenstraßen, in denen gutgekleidete Knaben und Mädchen auf Fahrrädern schön geschlungene Schleifen machten. Dienstmädchen kehrten vom Gottesdienst heim und kokettierten. Stolze Hunde lagen wie Löwen hinter den Gittern.

Herabgelassene Jalousien erinnerten an Ferien.

Dann geriet Tunda in den alten Stadtteil, zwischen bunte Giebel, zwischen Weinstuben mit mittelhochdeutschen Namen; armselig gekleidete Männer kamen ihm entgegen, offenbar Arbeiter, die zwischen gotischen Buchstaben wohnten, aber wahrscheinlich in Bergwerken internationaler Besitzer ihr Brot verdienten.

Musik ertönte. Junge Männer, in Doppelreihen, mit Stöcken bewaffnet, marschierten hinter Pfeifern und Trommlern. Es klang wie Musik von Gespenstern oder wie von einer Art militarisierter Äolsharfen. Die jungen Leute marschierten mit ernsten Gesichtern, keiner sprach ein Wort, sie marschierten einem Ideal entgegen.

Hinter und neben ihnen, auf den Bürgersteigen und in der Straßenmitte marschierten Männer und Frauen, im gleichen Schritt, sie gingen auf diese Weise spazieren.

Alle marschierten zum Bahnhof, der wie ein Tempel aussah, Gepäckträger hockten auf den steinernen Stufen wie numerierte Bettler. Die Lokomotiven pfiffen sakral und ehrwürdig.

Die Doppelreihen fielen ab und verschwanden im Bahnhof.

Hierauf machten die Begleiter kehrt, mit lässigerem Schritt, verklärten Gesichtern, das Echo der Pfeifen noch in den Seelen. Es war, als hätten sie eine freudige Pflicht erfüllt und als dürften sie sich jetzt dem Sonntag mit ruhigem Gewissen hingeben.

Über die Straße fegten abgeschminkte Freudenmädchen außer Dienst. Sie gemahnten an den Tod. Einige trugen Brillen.

Eine Gruppe hurtiger Radfahrer glitt klingelnd einher. Würdig, mit Rucksäcken, wanderten kindlich gekleidete Männer in die Berge.

Vereinzelte, gleichsam versprengte Feuerwehrmänner spazierten blinkend mit Weib und Kind.

Kreiskriegerverbände lockten auf den Litfaßsäulen mit großen Militär-Doppelkonzerten.

Hinter den großen Spiegelscheiben der Kaffeehäuser türmte sich Schlagsahne vor genußfreudigen Menschen in Korbstühlen.

Ein verwachsener, komischer Zwerg verkaufte Schnürsenkel.

Ein Epileptiker lag zuckend in der Sonne. Viele Menschen standen um ihn. Ein Mann erläuterte den Fall wie in der Hochschule. „Er muß immer im Schatten gehn", so schloß er seine Ausführung.

In kleinen Gruppen kamen junge Männer einher, mit viel zu kleinen Mützen, schwarz verpackten Gesichtern und gläsernen Augen hinter gläsernen Brillen. Es waren Studenten.

In der Ferne rauschte der Rhein.

Es kamen auch noch andere Männer mit Studentenkappen aus Papier.

Aber es waren keine Studenten: es waren Schornsteinfeger, gewaschene, die ein Fest veranstaltet hatten.

Würdige Greise führten Hunde spazieren und Greisinnen.

In der Ferne ragten grün patinierte Kirchenspitzen. Aus Weinstuben scholl Gesang.

Schatten verdichteten sich plötzlich über der Stadt, ein schneller Platzregen ging nieder, weißgekleidete Frauen ließen ihre rundgezackten weißen Unterröcke sehen, es war wie ein zweiter Sommer aus Leinwand.

Über hellen strahlenden Kleidern wölbten sich schwarze Schirme. Alles sah aus wie eine traumhafte, etwas überstürzte, nasse Totenfeier.

Tunda wurde hungrig, vergaß, daß er kein Geld hatte, und trat in eine Weinstube. Als er die Preise auf der Karte sah, wollte er wieder hinausgehen. Drei Kellner verstellten ihm den Weg.

„Ich habe kein Geld!" sagte Tunda.

„Bitte nur den Namen", sagte der Kellner.

Als er seinen Namen nannte, wurde Tunda als Herr Kapellmeister behandelt.

Sein Bruder begann ihm zu imponieren.

Ein buckliger Mann trat in das Lokal, gedrückt, krank, mit flehenden Augen und furchtsam zitternden Beinen schlich er von Tisch zu Tisch und legte überall einen Zettel hin. Er tat es wie eine geheime Sünde.

Auf dem Zettel las Tunda:

> Tanz und Gymnastik.
> Schulung des Körpers: Entspannung – Spannung,
> Elastizität, Schwung, Impuls, Gehen, Laufen,
> Springen, Eurhythmie, Raumgefühl, Choreographie,
> Harmonielehre der Bewegung, ewige Jugend,
> Improvisationen zu Musikbegleitung bis zur Gruppenform.

Er aß, trank und ging hinaus.

Er erkannte die Straße nicht wieder. Die nassen Steine trockneten schnell. Am Himmel stand ein Regenbogen. Die Straßenbahnen fuhren schwer, mit vielen Menschen bepackt, der Natur in die Arme. Betrunkene stolperten über sich selbst. Die Kinos öffneten ihre Portale. Die Portiers standen rufend mit goldgeränderten Mützen und verteilten Zettel an die Passanten. Die Sonne lag auf den höchsten Stockwerken der Häuser. Alte verhutzelte Frauen gingen durch die Straßen, in Kapotthütchen mit klingenden gläsernen Kirschen. Die Frauen sahen aus, als kämen sie aus alten Schubladen, die der Sonntag aufgesperrt hatte. Wenn sie auf spätbesonnte weite Plätze trafen, warfen sie merkwürdig lange Schatten. Es gab ihrer so viele, daß es aussah wie eine Wallfahrt märchenhafter alter Zauberinnen.

Über den Himmel zogen Wolken aus Perlmutter, aus denen man Hemdknöpfe macht. Sie standen in einer rätselhaften, aber deutlich fühlbaren Beziehung zu den dicken Bernsteinspitzen, die viele Männer zwischen den Lippen hielten.

Immer seltener wurde die Sonne, immer fahler das Perlmutter. Von allen Sportplätzen kehrten die Menschen zurück. Sie brachten Schweiß mit und entwickelten Staub. Autohupen jammerten wie überfahrene Hunde.

Freudenmädchen erschienen in dunklen Torfahrten, von Bernhardinern und Pudeln gezogen. Gespenstische Hausverwalter rutschten mit Stühlen, auf denen sie festgeklebt waren, zu den Türen hinaus und genossen den Feierabend.

Junge Mädchen aus dem Volk kreischten, Proletarier gingen sonntäglich in grünen Hüten, in schiefen Anzügen, mit schweren Händen, die sich überflüssig vorkamen.

Soldaten gingen wie Reklamegegenstände. Es roch nach feuchten Blumen, wie Allerseelen.

Die Bogenlampen, zu hoch über der Straße, schwankten unsicher, wie Windlichter. In verstaubten Anlagen wirbelten Papierknäuel. Ein zager Wind erhob sich mit einzelnen Stößen.

Es war, als wäre die Stadt gar nicht bewohnt. Nur am Sonntag kamen Verstorbene auf Urlaub aus den Friedhöfen.

Man ahnte weitgeöffnete wartende Grüfte.

Am Abend ging Tunda nach Haus.

Ihm zu Ehren gab der Kapellmeister ein kleines Fest.

## XIX

Es war ein kleines Sonntagsfest. Die Teilnehmer sahen zwar nicht so aus, als müßten sie auf einen Sonntag warten, um ein Fest mitzumachen. Denn sie gehörten den gehobenen Ständen an, jenen Ständen, die auch am Mittwoch oder am Donnerstag oder selbst am Montag eingeladen werden konnten und auch eingeladen wurden. Es waren Künstler, Gelehrte und Gemeinderäte. Ein Zweiter Bürgermeister, der musikalisch interessiert war, befand sich unter den Gästen. Ein Professor der Universität, der am Freitag von sechs bis acht Uhr abends las und von den Damen der Gesellschaft frequentiert wurde. Ein Schauspieler, der im Staatstheater in Berlin mit Erfolg gespielt hatte. Eine junge kleine Schauspielerin, die zwar mit dem dicken Zweiten Bürgermeister geschlafen hatte, aber unbeschädigt aus seiner Umarmung wieder herausgekommen war und teilweise sogar erfrischt. Ein Museumsdirektor, der ein paar Arbeiten über van Gogh geschrieben hatte, obwohl ihm Böcklin am Herzen lag. Der Musikkritiker eines größeren Blattes, der einen stillschweigenden Pakt mit dem Kapellmeister geschlossen zu haben schien.

Der und jener hatte seine Frau mitgebracht. Die Damen zerfielen in zwei Gruppen: in elegante, die nach Paris tendierten, und in sachliche, die an die masurischen Seen erinnerten. Es lag ein Glanz von Stahl und Sieg um die letzteren. Hier und dort trug eine ein geschlitztes Kleid. Es bildeten sich drei Gruppen. Erstens: die sachlichen Damen; zweitens: die eleganten Damen; drittens: die Männer. Nur Franz und seine Schwägerin pendelten zwischen den drei Gruppen hin und her und spendeten Erfrischungen. Um Franz, der in einer sibirischen Gloriole steckte und den großen Atem der Steppe und des Eismeers verbreitete, bewarben sich die kühnen Blicke einiger eleganter Frauen. Männer klopften ihm auf die Schulter und schilderten ihm, wie es in Sibirien aussah. Der Musikkritiker erkundigte sich nach der neuen Musik in Rußland. Er wartete aber keine Antwort ab, sondern begann einen Vortrag über das Moskauer Orchester ohne Dirigenten zu halten. Der Museumsdirektor kannte die Petersburger Ermitage auswendig. Der Professor, der Marx verachtete, zitierte die Stellen, in denen Lenin sich selbst widersprach. Er kannte sogar das Buch Trotzkis von der Entstehung der Roten Armee.

Es war keine richtige Organisation in den Gesprächen. Diese zu schaffen, war ein Fabrikant berufen, der erst gegen Mitternacht eintraf. Es war ein Ehrendoktor und ein Klubmitglied. Mit rotem Gesicht, mit verzweifelt suchenden Händen, die an die Hände Ertrinkender erinnerten, obwohl der Fabrikant mit beiden Füßen auf festem Boden stand, begann er, Tunda ins Verhör zu nehmen.

Der Fabrikant hatte Konzessionen in Rußland. „Wie steht es mit der Industrie im Uralgebiet?“ fragte er.

„Ich weiß es nicht“, gestand Tunda.

„Und wie mit dem Petroleum in Baku?“

„Ganz gut“, sagte Tunda und fühlte, wie er Boden verlor.

„Sind die Arbeiter zufrieden?“

„Nicht immer!“

„Da haben wir's“, sagte der Fabrikant. „Also die Arbeiter sind nicht zufrieden. Aber Sie wissen verdammt wenig von Rußland, lieber Freund. Man verliert so die Distanz zu den Dingen, wenn man in der Nähe ist. Das kenne ich. Das ist keine Schande, lieber Freund.“

„Ja“, sagte Tunda, „man verliert die Distanz. Man ist den Dingen so nahe, daß sie einen gar nichts mehr angehen. So wie Sie sich nicht darum kümmern, wieviel Knöpfe Ihre Weste hat. Man lebt so in den Tag hinein, wie in einen Wald hinein. Man trifft Menschen und verliert sie wieder, wie Bäume Blätter verlieren. Begreifen Sie denn nicht, daß es mir gar nicht wichtig erscheint, wieviel Petroleum in Baku gewonnen wird? Es ist eine wunderbare Stadt. Wenn sich ein Wind in Baku erhebt –“

„Sie sind ein Dichter“, sagte der Fabrikant.

„Liest man Ilja Ehrenburg in Rußland?“ fragte die kleine Schauspielerin. „Er ist ein Skeptiker.“

„Ich kenne diesen Namen gar nicht, wer ist es?“ fragte strafend der Professor.

„Es ist ein junger russischer Schriftsteller“, sagte zu allgemeinem Erstaunen Frau Klara.

„Fahren Sie in diesem Jahr nach Paris?“ fragte eine Dame die andere aus der Pariser Frauengruppe.

„Ich habe in der „Femina“ die letzten Hüte gesehen, wieder topfartig, Kostümjacken mit zarter Andeutung von Glocken. Ich glaube, es lohnt in diesem Jahr gar nicht.“

„Wir waren vergangene Woche in Berlin, mein Mann und ich“, sagte die Frau des Musikkritikers. „Diese Stadt wächst unheimlich. Die Frauen werden immer eleganter.“

„Mächtig, mächtig“, ließ sich der Fabrikant hören, „diese Stadt nimmt ganz Deutschland den Atem.“

Er knüpfte irgendeine Geschichte an das Thema Berlin. Immer war er es, der dem zerfallenden Gespräch ein neues Zentrum zu geben verstand.

Er sprach von der Industrie und vom neuen Deutschland, von den Arbeitern und dem Untergang des Marxismus; von der Politik und vom Völkerbund; von der Kunst und Max Reinhardt.

Der Fabrikant begab sich in ein abgelegenes Zimmer. Er legte sich, halbverdeckt von einem kupfernen Weihkessel, einer katholischen Rarität, auf ein breites Sofa. Er hatte die Lackschuhe aufgebunden, den Kragen aufgeknöpft, seine Hemdbrust stand offen wie eine doppelte Flügeltür, auf der nackten Brust lag ein seidenes Taschentuch.

So traf ihn Tunda.

„Ich habe Sie früher ganz genau verstanden, Herr Tunda“, sagte der Fabrikant. „Ich habe ganz genau verstanden, was Sie mit dem Wind in Baku gemeint haben. Ich habe ganz genau verstanden, daß Sie soviel erlebt haben und daß wir jetzt so ahnungslos daherkommen und Sie dumme Dinge fragen. Was mich betrifft, so habe ich meine praktischen Fragen aus einem ganz bestimmten egoistischen Grunde gestellt. Ich war gewissermaßen dazu verpflichtet. Sie verstehen das noch nicht. Sie müssen erst eine längere Zeit bei uns leben. Dann werden Sie auch bestimmte Fragen stellen und bestimmte Antworten geben müssen. Jeder lebt hier nach ewigen Gesetzen und gegen seinen Willen. Natürlich hat jeder einmal, als er anfing, beziehungsweise, als er hierherkam, seinen eigenen Willen gehabt. Er arrangierte sein Leben, vollkommen frei, niemand hatte ihm was dreinzureden. Aber nach einiger Zeit, er merkte es gar nicht, wurde, was er aus freiem Entschluß eingerichtet hatte, zwar nicht geschriebenes, aber heiliges Gesetz und hörte dadurch auf, die Folge seiner Entschließung zu sein. Alles, was ihm nachträglich einfiel und was er später ausführen wollte, mußte er gegen das Gesetz durchdrücken, oder er mußte es umgehen. Er mußte warten, bis es gewissermaßen die

Augen vor Übermüdung einen Augenblick schloß. Aber Sie kennen das Gesetz ja noch gar nicht.

Sie wissen ja noch gar nicht, wie furchtbar offene Augen es hat, an den Brauen festgeheftete Augenlider, die niemals zuklappen. Wenn es mir zum Beispiel, als ich hierherkam, gefiel, bunte Hemden mit angenähten Kragen und ohne Manschetten zu tragen, so gehorchte ich mit der Zeit einem sehr strengen und unerbittlichen Gesetz, indem ich diese Art Hemden trug. Sie ahnen ja gar nicht, wie schwierig es war, aus praktischen Gründen – denn es war eine Zeit, in der es mir schlecht ging –, weiße Hemden mit auswechselbaren Kragen anzuziehen. Denn das Gesetz befahl: der Fabrikant X trägt bunte Hemden mit festen Kragen, wodurch er beweist, daß er ein Mann der Arbeit ist, wie seine Arbeiter und Angestellten. Er braucht nur seine Krawatte abzuknöpfen, schon sieht er aus wie ein Proletarier. Langsam, ganz vorsichtig, als hätte ich die weißen Hemden irgend jemandem gestohlen, begann ich, sie anzuziehen. Zuerst einmal in der Woche, am Sonntag, denn an diesem Tag pflegt das Gesetz manchmal ein Auge zuzudrücken, dann am Sonnabendnachmittag, dann am Freitag. Als ich zum erstenmal an einem Mittwoch ein weißes Hemd trug – Mittwoch ist ohnehin mein Unglückstag –, sahen mich alle Menschen vorwurfsvoll an, meine Sekretärin im Büro und mein Werkführer in der Fabrik.

Nun, Hemden sind ja auch nicht sehr wichtig. Aber sie sind symbolisch. Wenigstens in diesem Fall. Es geht ja auch mit den ganz wichtigen Dingen so. Wenn ich hierherkam als Fabrikant, glauben Sie, ich könnte hier jemals Kapellmeister werden, und wenn ich ein zehnmal besserer wäre als Ihr Herr Bruder? Oder glauben Sie, Ihr Bruder könnte jemals Fabrikant werden? Nun auch der Beruf ist meinetwegen keine so wichtige Sache. Es ist nicht maßgebend, wovon man lebt. Aber wichtig ist, zum Beispiel, die Liebe zu Frau und Kind. Wenn Sie anfingen, aus freiem Willen ein guter Familienvater zu sein, glauben Sie, daß Sie jemals aufhören können? Wenn Sie Ihrer Köchin eines Tages erklärt haben: ich liebe kein helles Fleisch, glauben Sie, daß Sie nach zehn Jahren Ihren Entschluß ändern können? Als ich hierherkam, hatte ich viel zu tun, ich mußte Geld beschaffen, eine Fabrik einrichten – denn ich bin der Sohn eines jüdischen Hausierers, müssen Sie wissen –, ich hatte keine Zeit für Theater, Kunst, Musik, Kunstgewerbe, religiöse Gegenstände, israelitische Kultusgemeinde, katholische Dome. Wenn mir also jemand mit irgendeiner Sache an den Leib rückte, wehrte ich ihn in einer groben Weise ab. Ich wurde also sozusagen ein Grobian oder ein Mann der Tat, man bewunderte meine Energie. Das Gesetz bemächtigte sich meiner, befahl mir Grobheit, unbekümmertes Handeln – ich muß, verstehen Sie, mit Ihnen so sprechen, wie es mir das Gesetz befiehlt. Wer befahl mir, Konzessionen in diesem dreckigen Rußland aufzunehmen? Das Gesetz! Glauben Sie, der Wind in Baku interessiert mich nicht mehr als das Petroleum? Aber darf ich Sie nach Winden fragen? Bin ich ein Meteorologe? Was wird das Gesetz dazu sagen?

So wie ich lügen alle Menschen. Jeder sagt das, was ihm das Gesetz vorschreibt. Die kleine Schauspielerin, die Sie früher über einen jungen russischen Schriftsteller fragte, interessiert sich vielleicht mehr für Petroleum. Aber nein, die Rollen sind jedem zugeteilt. Der Musikkritiker und Ihr Bruder zum Beispiel: beide spielen an der Börse, ich weiß es. Wovon reden sie? Von gebildeten Dingen. Sie können, wenn Sie in ein Zimmer treten und die Menschen ansehen, sofort wissen, was jeder sagen wird. Jeder hat seine Rolle. So ist es in unserer Stadt. Die Haut, in der jeder steckt, ist nicht seine eigene. Und wie in unserer Stadt ist es in allen, wenigstens in hundert größeren Städten unseres Landes.

Sehen Sie, ich war in Paris. Ich sehe davon ab, daß ich nach meiner Rückkehr niemandem sagen durfte, daß ich lieber als armer Mann in Paris unter der Seinebrücke leben möchte als in unserer Stadt mit einer mittelmäßigen Fabrik. Niemand wird es mir glauben, ich zweifle schon selbst daran, ob es mein aufrichtiger Wunsch war. Aber ich wollte Ihnen was anderes sagen: in der Avenue de l'Opéra spricht mich einer an. Er will mir Bordelle zeigen. Ich bin natürlich vorsichtig, der Mann sucht meine Bedenken zu zerstreuen. Er zählt mir seine Kunden auf. Er nennt mir den Minister, mit dem ich eine Woche vorher verhandelt habe. Er nennt mir nicht nur Namen, er hat Beweise. Er zeigt mir Briefe. Ja, es ist die

Handschrift des Ministers. Lieber Davidowiczi – schreibt ihm der Minister, ein guter Freund von Davidowiczi. Weshalb schreibt er ihm: Lieber? Weil der Minister eine ganz bestimmte Perversität hat. Weil er Tag und Nacht nur an Ziegen denkt, an nichts anderes. Ich bitte Sie: an Ziegen. Und er ist nicht einmal Minister für Landwirtschaft. Er legt mit einem unwahrscheinlichen Eifer bei den Verhandlungen los. Man glaubt, auf den kann sich sein Ressort verlassen. Woran denkt er aber fortwährend? An Tiere. Wer verbietet ihm, das zu sagen, wovon er sprechen möchte? Das Gesetz."

Der Fabrikant mußte schnell seinen Anzug wieder in Ordnung bringen, weil zwei Damen sich näherten. Es war merkwürdigerweise eine aus der Gruppe der Sachlichen mit einer aus der Gruppe der Pariserinnen. Sie sprachen von Kleidern, es hatte ganz den Anschein, daß sich die Sachliche bei der Eleganten erkundigen wollte.

„Er müßte ja nicht", flüsterte der Fabrikant, „gerade von den Tieren so direkt sprechen, wie er es mit Davidowiczi tut. Aber er könnte ja auf Umwegen von ihnen sprechen, zum Beispiel von ihrem Nutzen für die Hauswirtschaft. Nicht einmal das tut er. Wer tut es denn? Was glauben Sie, wie viele Dinge da herauskämen, wenn wir in den Schubläden jedes einzelnen suchen könnten – und noch mehr als in den Schubläden in den inneren verborgenen Winkeln?

Als Sie von dem Wind sprachen, kamen mir die Tränen. Glauben Sie, ich hätte weinen dürfen? Ich darf poltern.

Ich will Ihnen gestehen, daß ich manchmal ins Kino gehe, um mich auszuweinen. Ja, ins Kino."

Eine Dame kam, sah Tunda und lächelte ihn an, hold, lockend und distanziert, so, als hielte sie ein Zentimetermaß vor ihren Leib, so, als gäbe es ein bestimmtes Gesetz, das befiehlt, nur eine gewisse Anzahl Zähne beim Lächeln zu zeigen.

„Und Sie haben niemals Heimweh gehabt?" fragte sie. „Wir haben manchmal von Ihnen gesprochen. Sie waren ja verschollen." Sie neigte den Kopf, als sie dieses Wort aussprach. Sie kam in Verlegenheit, weil sie einem anwesenden Menschen zu sagen hatte, er sei verschollen gewesen. Es war ein peinlicher, vielleicht sogar ein unanständiger Zustand, verschollen zu sein. Es war so etwas, wie einem Lebendigen sagen, er sei scheintot gewesen.

„Ihr Bruder hat oft von Ihnen erzählt. Wie Sie zusammen in Ihre Kusine Klara verliebt waren, wenn Sie zu Weihnachten und Ostern nach Hause kamen, und wie Sie deswegen beinahe böse geworden wären. Und wie Sie dann Abschied genommen haben, als Sie in den Krieg gingen" (beinahe hätte sie „zogen" gesagt) „und Ihren Bruder küßten, der so traurig war, daß er seines Beines wegen zu Hause bleiben mußte. Ja, wir haben oft von Ihnen gesprochen. Haben Sie manchmal gedacht, daß man von Ihnen sprechen könnte wie..."

Sie beendete diesen Satz nicht. Wahrscheinlich hatte sie sagen wollen: wie von einem Toten. Aber so was sagt man einem Lebendigen nicht ins Gesicht.

Franz wunderte sich über die Erzählungen seines Bruders.

Jedenfalls sagt man einer Dame, die derlei Dinge erzählt: Setzen wir uns! Und sie setzten sich. Es gab viele Gelegenheiten zum Sitzen im Hause des Kapellmeisters. Es war eine besondere Eigenschaft dieser Gelegenheiten, daß man sofort in ihnen lag, wenn man sich in sie setzte. Es scheint, daß diese Sitte mit der Mode der Frauen zusammenhängt. Man trägt Kleider, die zum Liegen auffordern oder zumindest an das Liegen erinnern. Außerdem ist eine gewisse Abkehr von europäischen Sitten festzustellen.

Tunda setzte sich also mit der Dame hinter den breiten braunen Rücken eines Buddhas, es war beinahe wie in einer Laube, hinter wildem Wein. Die glattrasierten Beine der Dame lagen nebeneinander wie zwei gleichgekleidete Schwestern, beide in seidenen Trikots – Tunda legte eine Hand um ein Bein, aber die Dame schien es gar nicht zu beachten. Sooft sich Schritte näherten, versuchte sie wegzurücken.

Ach, was tut man nicht alles für einen Verschollenen?

Wenn Tunda alle Möglichkeiten ausgenützt hätte, die ein sibirischer Zauber und solide religiöse Gegenstände verursachen, wäre sein Schicksal vielleicht aufgeschoben, aber keineswegs abgewendet worden. Ob er sie später dennoch ausgenützt hat, weiß ich nicht.

## XX

Nachdem die Gäste fort waren, blieben die Brüder allein in einem Zimmer; allein, wenn man Bilder, Götter und Heilige nicht mitzählt. Tunda war an diese stillen Lauscher nicht gewöhnt. Was mich betrifft, so mache ich mir selbst aus Lakaien nichts, die hinter meinem Sessel stehen und meine Haare zählen. Im Hause des Kapellmeisters hätte es Lakaien sicherlich gegeben, wenn nicht die soziale Gesinnung der Frau Klara gewesen wäre. Es widerstrebte ihr offenbar, Menschen zu entwürdigen.

Bei Göttern aber machte es nichts.

Übrigens befand sich in dem Zimmer, in dem sie saßen, von Frau Klara hingestellt, eine jener praktischen Erfindungen, die man das Entzücken der Hausfrau nennt.

Es war eine merkwürdige Lampe, eine sanfte, auf einem Sockel stehende Lampe, deren Licht durch mehrere kleine, gleichmäßig im Kreis an ihrem zarten durchsichtigen Leib angebrachte Löcher drang. Aber diese Lampe hatte nicht etwa den Zweck zu leuchten, es war vielmehr ihre Aufgabe, den Rauch zu verschlingen, der sich im Laufe des Abends im Zimmer angesammelt hatte. Diese Lampe ersparte offene Fenster, Zugwind, Verkühlungen und schließlich den Arzt. Derlei ausgezeichnete Erfindungen werden in Deutschland und in Amerika jedes Jahr gemacht. Der Kapellmeister benützte auch eine: er rauchte nämlich nikotinfreie Zigaretten. Und selbst deren Rauch wurde von der Zauberlampe aufgesogen.

Es war ein hygienisches Haus ohnegleichen.

„Gute Nacht!“ sagte Klara, nachdem sie die Lampe hingestellt hatte, ging hin und gab ihrem Mann einen herzhaften Kuß auf die Stirn. Es war ein erotinfreier Kuß. Franz bekam einen gleichen und geriet trotzdem in Aufregung. Er schob den Sessel, wollte aufstehen, aber seine Schwägerin drückte ihn bei den Schultern zurück.

So blieben nun die beiden Brüder und sollten zum erstenmal miteinander sprechen.

Der Kapellmeister, dessen Geschicklichkeit, über schwierige Anfänge hinüberzugleiten, bekannt war, ergriff als erster das Wort und sagte sehr vernünftig das Nächstliegende:

„Wie gefällt dir unsere Stadt?“

Nichts ist so ansteckend wie gesellige Höflichkeit. Franz unterdrückte den wichtigsten und größten Teil seiner Meinung und erwiderte:

„Ich habe sie mir viel lustiger, lebendiger, also: rheinischer vorgestellt.“

„Sie hat eine angenehme, ruhige Bevölkerung. Die Arbeiterschaft ist hier nicht so radikalisiert wie in anderen Gegenden. Der Oberbürgermeister ist Mitglied der Deutschen Volkspartei, der Erste und der Zweite Bürgermeister sind Sozialdemokraten. In meinem Orchester sind auch fünf Mitglieder der Sozialdemokratischen Partei. Der Bassist ist sogar sehr gut.“

„Weshalb wunderst du dich darüber?“ fragte Franz. „Weshalb sollte die Partei einen hindern, ein guter Bassist zu sein?“

„Doch“, sagte der Kapellmeister, „eine politische Aktivität ist der Kunst abträglich. Kunst ist etwas Heiliges, dem Tag Abgewandtes. Wer ihr dient, übt eine Art Priesterberuf aus. Kannst du dir vorstellen, daß man eine politische Rede hält und dann „Parsifal“ dirigiert?“

„Ich kann mir vorstellen“, sagte Franz, „daß unter Umständen eine politische Rede ebenso wichtig ist wie „Parsifal“. Ein guter Politiker kann so wichtig sein wie ein guter Musiker. Ein Priester ist er allerdings nicht. Ein Konzertsaal ist ebensowenig ein Tempel der Kunst wie ein Versammlungslokal ein Tempel der Politik.“

„Du hast keine europäischen Anschauungen mehr“, sagte der Kapellmeister sanft und leise, wie ein Nervenarzt. „Ähnliche Anschauungen haben leider auch schon einen großen Teil von Deutschland ergriffen. Sie gehen von Berlin aus. Aber hier am Rhein gibt es noch ein paar alte Festungen der alten bürgerlichen Kultur. Unsere Traditionen reichen vom Altertum über das katholische Mittelalter, den Humanismus, die Renaissance, die deutsche Romantik. – –“

„Ist das europäische Kultur?“ fragte Franz und zeigte auf die Buddhas, die Polster, die breiten und tiefen Sofas, die orientalischen Teppiche.

„Ihr habt, scheint es mir, einige Anleihen gemacht. Deine Gäste haben heute einige Negertänze getanzt, die wahrscheinlich nicht im „Parsifal“ vorkommen. Ich verstehe nicht, wie du noch von europäischer Kultur sprechen kannst. Wo ist sie? In den Kleidern der Damen? Hat der Fabrikant, der heute bei dir war, europäische Kultur? Er gefällt mir übrigens besser als die anderen, denn er verachtet euch. Diese alte Kultur hat tausend Löcher bekommen. Ihr stopft die Löcher mit Anleihen aus Asien, Afrika, Amerika. Die Löcher werden immer größer. Ihr aber behaltet die europäische Uniform, den Smoking und die weiße Hautfarbe und wohnt in Moscheen und indischen Tempeln. Wenn ich du wäre, würde ich einen Burnus tragen.“

„Wir machen ein paar Konzessionen“, sagte der Kapellmeister, „nichts mehr. Die Welt ist kleiner geworden, Afrika, Asien und Amerika sind uns näher. Man hat zu allen Zeiten fremde Sitten übernommen und sie der Kultur eingefügt.“

„Wo aber ist die Kultur, der ihr sie einfügen wollt? Ihr habt ja lauter Attrappen einer alten Kultur. Sind die Studenten mit den farbigen und schlechtsitzenden Mützen alte deutsche Kultur? Ist es euer Bahnhof, dessen größtes Wunder es ist, daß Züge von ihm abgehen und in ihm ankommen? Ist Kultur in euren Weinstuben, wo man „Ein rheinisches Mädchen“ singt, wenn man besoffen ist, und Charleston tanzt, wenn man nüchtern ist? Ist alte Kultur in euren trauten Giebeldächern, in denen Arbeiter wohnen, keine Handwerker, keine Goldschmiede, keine

Uhrmacher, keine Meistersinger, sondern Proletarier, die in Bergwerken leben und in elektrischen Fahrstühlen zu Hause sind, aber nicht zwischen den unleserlichen gotischen Buchstaben? Das ist ja ein Maskenfest und keine Wirklichkeit! Ihr kommt ja aus den Kostümen nicht heraus! Heute sah ich einen Feuerwehrmann in blendender Uniform einen Kinderwagen schieben. Es brannte nicht, weit und breit war es ruhig. War das ein Kindermädchen, das sich als Feuerwehrmann verkleidet hatte, oder ein Feuerwehrmann, der ein Kindermädchen darstellen wollte? Es kamen Studenten mit Mützen aus Tuch und dann Bürger mit Studentenmützen aus Papier. Waren die Studenten verkleidet oder die Bürger? Dann sah ich ein paar junge Leute in Samtkappen, mit Seemannshosen, ich fragte einen Kellner, der sagte mir, es wäre alte Zimmermannskleidung. Ist denn das so? Macht man Särge und Kinderwiegen mit Samtmützen auf dem Kopf? Wandert man noch mit Bündeln über Landstraßen, wo es doch fast keine Landstraßen mehr gibt und nur Automobile und Flugzeuge?“

„Du hast viel an einem Tag gesehen“, sagte der konziliante Kapellmeister, „ich gehe niemals auf die Straße.“

„Warum nicht? Es interessiert dich nicht? Paßt es dir nicht, weil du ein Priester der Kunst bist, dich unter das Volk zu mischen? Bist du zufrieden zwischen deinen Weihbecken und Bildern und deiner alten Kultur? Erfährst du alles nur aus den Zeitungen?“

„Ich lese keine Zeitungen!“ lächelte der Kapellmeister. „Ich lese nur musikalische Angelegenheiten.“

„Da wußte ich sogar in der Kadettenschule mehr von der Welt als du!“ sagte Franz. „Übrigens haben wir ein ganzes Leben nichts miteinander geredet. Jetzt haben wir nichts Besseres zu tun als Politik zu besprechen, als hätten wir uns in einem Coupé getroffen.“

„Du bist also nicht einmal im Schlafwagen gefahren!“ rief der Kapellmeister erschüttert.

Sie hatten nichts miteinander zu reden, wenn sie die Dinge der Allgemeinheit außer acht ließen, wie sich bald darauf erwies.

Selbst dem konzilianten Kapellmeister fiel gar nichts ein.

Endlich entschloß er sich zu fragen:

„Hast du was von Irene gehört?“

„Sie soll geheiratet haben“, sagte Franz.

„Ich habe gehört, daß sie in Paris lebt“, sagte Georg.

Dann gingen sie schlafen.

## XXI

Manchmal fuhr der Kapellmeister in die nächste kleinere oder größere Stadt am Rhein, blieb einige Tage fort und kam blaß und erholungsbedürftig zurück.

„Er muß Klimawechsel haben, der arme Georg“, sagte Klara.

„Ich brauche Entspannung“, sagte der Kapellmeister.

Er fuhr, wie sich bald herausstellte, zu Liebeszwecken. Er erinnert an einen Vogel, der von Ast zu Ast hüpft und überall ein Liedchen schmettert. Die jungen Mädchen in den alten Kulturzentren verehren neben Boxern und Turnlehrern auch die Priester der Kunst. Dadurch unterschieden sie sich von ihren Schwestern in den größeren Städten, in denen die Barbarei heimisch ist.

Die Ehe des Kapellmeisters glich einem stillen See mit ständiger kühler Brise. Das Kind schwamm vergnügt zwischen Vater und Mutter, wie zwischen zwei Häfen. Es wurde niemals krank, es bekam nicht einmal Keuchhusten. Es weinte nicht. Es hatte keine Launen. Es hatte die ruhige, rauschfreie Milch seiner Mutter eingesogen und dementsprechend seinen Charakter gebildet. Es war ein Muster von einem kleinen Mädchen. Es spielte mit Puppen aus Schwämmen, mit denen es gleichzeitig gewaschen werden konnte. Es sagte Papa und Mama und nannte alle Menschen mit gleichmäßiger Freundlichkeit Tante und Onkel.

Man aß im Hause des Kapellmeisters viel Gemüse und Eier, Rahm und Früchte und manche Süßspeisen, die nach Papier schmeckten. Man trank bekömmliche Tischweine und erhob sich von den Mahlzeiten leicht wie ein Luftballon. Dennoch schlief der Kapellmeister nach dem Essen, er legte sich auf sein Sofa, aber es schien, als schliefe er nicht, als hätte er sich nur zurückgezogen, um allein mit seiner persönlichen Kultur zu sein.

Man empfing und machte Besuche.

Innerhalb der Stadt, die selbst ein Kulturzentrum war, gab es noch Häuser, die kleinere Kulturzentren waren. Es gab Künstler, die in Ateliers wohnten und die Bohème darstellten. Es gab einen Rechtsanwalt, der zu den jüdischen Festtagen die christlichen Mitbürger einlud und so wenigstens in den höheren Sphären den konfessionellen Frieden herstellte. Es gab einen christlichen Zeichner, der von jüdischen Ornamenten lebte und gegen angemessene Honorare die Stammbäume aller alten rheinischen Familien herstellte. Es gab einen Briefmarkensammler, der alle paar Wochen Ausstellungen seiner besten Markenexemplare veranstaltete, verbunden mit Festen, bei denen hie und da eine Ehe zustande kam. Es gab Nachfahren alter Dichter von der Zweiten romantischen Schule, bei denen man interessante, unveröffentlichte Briefe einsehen konnte. Es gab einen lebendigen Lyriker von Ruf, der ein Stübchen in einem Museum bewohnte, und einen alten Professor, der den ganzen Tag auf einem Kirchturm saß und das berühmte Glockenspiel verursachte, das im Baedeker erwähnt wird. Es gab einen alten Friedhof, auf dem die Schüler der Zeichenakademie ganze Vormittage zubrachten, um die malerischen Grabsteine in Skizzenbüchern festzuhalten. Es gab ein paar alte historische Brunnen, die der Magistrat eines Tages gesammelt und zu einer einzigen Gruppe im Stadtpark vereint hatte, der Bequemlichkeit halber und weil in diesem Park schon ohnehin ein Kriegerdenkmal im Jahre 1920 errichtet worden war und seit dem Jahre 1872 eine Bismarck-Eiche, von Stacheldraht umgeben, durch die Sommer rauschte. Außerdem gab es viele Inhaber von Fahrrädern, welche die Automobile des kleinen Mannes genannt werden.

Das Ansehen, das der Kapellmeister genoß, übertrug sich schließlich auch auf Franz, der nur gelegentlich einiger Besuche von Sibirien erzählen mußte. Er fügte zu den fünfzig Quartseiten noch weitere dreißig. Er hatte schon eine Menge Abenteuer erfunden, es war ihm ein leichtes, ein berühmter Sibirienforscher zu werden.

„Meine vollkommene Untätigkeit", schrieb er in sein Tagebuch, „bedrückt mich in dieser Stadt gar nicht. Und wenn ich hier noch weniger arbeiten würde, ich käme mir sehr nützlich vor.

Es gibt keinen arbeitenden Menschen unter den Leuten, die ich sehe, es seien denn die Fabrikanten, nicht einmal die Geschäftsleute arbeiten. Es kommt mir vor, daß die Menschen mit den Füßen noch auf der Erde stehen, ihr ganzer Unterleib ist irdisch, aber von den Händen aufwärts leben sie nicht mehr in irdischen Luftschichten. Jeder besteht aus zwei Hälften. Eines jeden obere Hälfte schämt sich der unteren. Jeder hält seine Hände für bessere Gliedmaßen als seine Füße. Sie haben zwei Leben. Ihr Essen und Trinken und Lieben vollziehen die unteren, die minderwertigen Partien, ihren Beruf die oberen.

Wenn Georg dirigiert, so ist er ein anderer Georg als jener, der mit seinen kleinen Anbeterinnen schläft. Gestern erzählte mir eine Dame, sie wäre im Kino gewesen und wenig hätte gefehlt, und sie hätte ihr Gesicht verhüllt. Sie ging ins Kino nur mit der unteren minderwertigen Körperpartie, sie sah den Film mit einem Paar vulgärer, zu niedrigen Zwecken verwendbarer Augen, die sie zur Verfügung hat wie ein Opernglas und ein Lorgnon. Ich schlief mit einer Frau, die mich nach einer Stunde weckte, um mich zu fragen, ob meine seelische Liebe zu ihr auch meiner körperlichen Leistungsfähigkeit entspreche. Denn ohne Seelisches käme sie sich „beschmutzt" vor. Ich mußte mich sehr schnell anziehen, und während ich meinen davongerollten Hemdknopf unter dem Bett suchte, erklärte ich ihr, daß meine Seele immer in jenen Körperteilen wohne, die ich gerade zur Ausübung irgendeiner Tätigkeit brauche. Also wenn ich spazierengehe, in den Füßen, und so weiter.

„Du bist ein Zyniker", sagte die Frau.

Unter meinen dümmsten Kameraden in der Kadettenschule und später beim Regiment habe ich mich besser gefühlt. Die weiblichen Hilfskräfte zweiter Klasse aus der Etappe waren klüger als diese Damen. Die einzige Konzession, die sie an die Wirklichkeit machen, sind ihre Turnübungen jeden Morgen um sechs Uhr. Da heißt aber das Turnen auch nicht Turnen, sondern Eurhythmie. Sonst kämen sie sich bei jeder tiefen Kniebeuge beschmutzt vor.

Meine Schwägerin erinnert mich an Natascha. Ich hätte mich niemals in Natascha verliebt, wenn ich den umgekehrten Weg gemacht hätte, aus dem Haus meines Bruders nach Rußland. Natascha hat der revolutionären Idee geopfert, Klara opfert teils der Kultur und teils der sozialen Gesinnung. Natascha aber handelte offensichtlich gegen ihre Natur, während Klara sich überhaupt nicht zu überwinden braucht. Nichts fällt ihr leichter als dieses soziale Empfinden, das sie veranlaßt, die Gesundheit des Lakaien zu schonen, Kellner wie Kriegskameraden zu behandeln und mich wie einen Milchbruder. Ich denke manchmal, daß sie ein verzaubertes Wesen ist, sie könnte auf einen gesunden Weg gebracht werden, man könnte aus ihr eine Frau machen. Aber das ist ebenso unwahrscheinlich wie die Liebe zu einem Staubsauger, Vacuum genannt, mit dem sie hierzulande des Morgens über die Teppiche fahren.

Mein Bruder spricht mir wahrscheinlich die moralische Berechtigung zu leben ab, weil ich keinen Beruf habe und kein Geld verdiene. Ich komme mir selbst schuldbewußt vor, weil ich sein Butterbrot esse. Übrigens könnte ich gar keinen Beruf in dieser Welt haben, es sei denn, man würde mich dafür bezahlen, daß ich mich über die Welt ärgere. Ich passe nicht einmal zu irgendeiner der herrschenden Gesinnungen.

Vor einigen Tagen habe ich eine Frau kennengelernt. Schriftstellerin und Kommunistin. Sie hat einen rumänischen Kommunisten geheiratet, ebenfalls einen Schriftsteller, der mir talentlos und dumm vorkommt, der aber schlau genug ist, seine Dummheit in der kommunistischen Gesinnung zu verbergen und seine Faulheit mit Politik zu entschuldigen. Dieses Ehepaar lebt von den Subventionen eines kapitalistischen Onkels, eines Bankiers, und Aufsätzen für radikale Zeitschriften. Die junge Frau trägt Schuhe mit niedrigen Absätzen und verspottet die Gesellschaft, von der sie lebt. Mit ihrer eigenen Tochter spricht sie wie die Leiterin einer Besserungsanstalt mit einem minderjährigen Zögling. Man hält sie für einen launischen Auswuchs der Familie und sieht ihr alle Unarten nach. Sie hat einen unwahrscheinlich überlegenen Blick, sie verkehrt mit einigen Literaten, kennt ein Berliner Nachtlokal und hat einmal, aus Protest und der Gesinnung wegen, in einem proletarischen Viertel gelebt. Nach drei Monaten schickte ihr der Onkel Geld, und sie zog nach dem Westen. Seit jener Zeit kennt sie alle Höhen und Tiefen der Gesellschaft und schreibt Novellen aus dem Proletarierleben. Sagt man ihr: Gnädige Frau, so bekommt man ihre Verachtung zu fühlen, und sagt man ihr: Frau Tedescu, so ist sie schockiert. Mich verachtet sie schon von vornherein, weil ich nicht in Rußland geblieben bin. Sie weiß natürlich nicht, daß ich im Bürgerkrieg gekämpft habe, und würde es mir wahrscheinlich auch nie glauben. Höflichkeit hält sie für eine bürgerliche Gemeinheit. Ich habe eine besondere Art von Behandlung für sie erfunden. Ich drücke männlich ihre zarte kleine Hand, schüttle sie, sage ihr Genossin und spreche unverblümt von geschlechtlichen Dingen, die sie in ihren Novellen behandelt. Manchmal ist sie nahe am Weinen.

Ich werde nur bei einer einzigen Gelegenheit warm und wehmütig: wenn ich an Irene denke. Es ist nicht einmal Irene, meine Braut, die ich gekannt habe, als ich noch ein dummer Oberleutnant und Bräutigam war. Es ist irgendeine unbekannte Frau, die ich liebe und von der ich nicht weiß, wo sie lebt.

Georg sagte mir, er hätte gehört, sie wäre in Paris. In diesem Augenblick wurde mir kalt und warm, ich sah etwas leuchten, es war wie in Baku, als mir die Dame die lächerlichen Schaufenster von der Rue de la Paix nannte. Es ist so, als wäre ich mein ganzes Leben auf der Suche nach Irene und da und dort sagte mir einer, er hätte sie getroffen. Ich suche sie aber in Wirklichkeit ja nicht. Ich sehne mich auch nicht nach ihr. Vielleicht ist sie etwas ganz anderes als die übrige Welt, und es ist ein letzter Rest von Gläubigkeit in mir, wenn ich an sie denke. Man müßte vielleicht ein Schriftsteller sein, um das genau auszudrücken.

Manchmal erscheint es mir notwendig, sie aufzusuchen. Ich müßte nach Paris fahren, vielleicht würde sie mir begegnen. Dazu müßte man Geld haben. Aber ich kann es nicht von Georg nehmen. Das ist eine lächerliche Hemmung. Er würde es mir wahrscheinlich geben und wäre obendrein noch sehr erfreut, daß ich ihn verlasse. Aber für alle anderen Zwecke nähme ich Geld von Georg, nur nicht für diesen.

Und es ist außerdem an der Zeit, daß ich etwas verdiene. In dieser Weltordnung ist es nicht wichtig, daß ich arbeite, aber es ist um so nötiger, daß ich Geld einnehme. Ein Mensch ohne Einkommen ist wie ein Mann ohne Namen oder wie die Schatten ohne Körper. Man kommt sich vor wie ein Gespenst. Das ist kein Widerspruch zu dem, was ich oben geschrieben habe. Ich habe keine Gewissensbisse wegen meiner Untätigkeit, sondern weil meine Untätigkeit kein Geld einbringt, während die Untätigkeit aller anderen gut bezahlt ist. Geld allein verleiht Existenzberechtigung."

## XXII

In jener Zeit lebte ich in Berlin. Eines Tages sagte mir M.:

„Ich habe Irene Hartmann getroffen. Ich habe sie gegrüßt. Sie erkannte mich aber nicht. Ich gehe zurück, denke, daß ich mich geirrt habe, und grüße wieder. Sie erkennt mich aber nicht."

„Sie haben sich bestimmt nicht geirrt?"

„Nein!" sagte M.

Ich schrieb hierauf an Franz Tunda.

„Lieber Freund", schrieb ich ihm, „ich bin mir nicht klar über den Grund Deiner Rückkehr.

Du weißt es ja selbst nicht. Sollte es aber Irene sein, die Du finden willst – Herr M. hat sie vor kurzer Zeit in Berlin getroffen."

Nach einigen Tagen kam Tunda.

Er gefiel mir außerordentlich.

Es dauert sehr lange, ehe die Menschen ihr Angesicht finden. Es ist, als wären sie nicht mit ihren Gesichtern geboren, nicht mit ihren Stirnen, nicht mit ihren Nasen, nicht mit ihren Augen. Sie erwerben sich alles im Laufe der Zeit, und es dauert, man muß Geduld haben, bis sie das Passende zusammensuchen. Tunda war jetzt erst mit seinem Angesicht fertig geworden. Seine rechte Augenbraue war höher als die linke. Dadurch bekam er den Ausdruck eines ständig erstaunten, über die sonderbaren Zustände dieser Welt hochmütig verwunderten Mannes, er hatte das Gesicht eines sehr vornehmen Menschen, der mit unmanierlichen Leuten an einem Tisch sitzen muß und ihr Gebaren mit herablassender, geduldiger, aber keineswegs nachsichtiger Neugier beobachtet. Sein Blick war gleichzeitig schlau und duldsam. Er schaute wie ein Mensch, der manche Schmerzen in Kauf nimmt, um Erfahrungen zu sammeln. Er sah so klug aus, daß man ihn fast für gütig halten konnte. In Wirklichkeit aber schien er mir schon jenen Grad der Klugheit zu besitzen, der einen Mann gleichgültig macht.

„Du willst also Irene sehen?“

„Ja“, sagte er. „Als ich deinen Brief erhielt, wollte ich sie sehen. Jetzt ist es mir wieder sehr zweifelhaft. Vielleicht würde es mir genügen, sie anzuschauen und dann zufrieden weiterzugehen.“

„Nehmen wir den Fall, du träfst mit ihr zusammen: Sie ist glücklich verheiratet, liebt wahrscheinlich ihren Mann mit jener Liebe, die sich zusammensetzt aus Gewohnheit, Dankbarkeit, gemeinsam erlebten Ähnlichkeiten, aus der körperlichen Erfahrung, die von den zahlreichen Liebesstunden kommt, aus den zeitweilig hervorbrechenden Leidenschaften, aus der Vertrautheit, in der es keine Scham mehr gibt – glaubst du, sie würde einfach aus dankbarer Erinnerung an eine verschüttete Brautzeit an deinen Hals fliegen? Liebst du sie denn mit der Leidenschaft, die sie dazu berechtigen würde? Wäre es dir vor allem erwünscht?“

„Das sind Dinge“, sagte Tunda, „die sich erst ereignen müßten, damit ich ihre Berechtigung erfahre. Wenn ich zu Irene rechtzeitig zurückgekehrt wäre, hätte mein Leben anders ausgesehen. Lauter Zufälle haben mich daran gehindert. Ich will dir gestehen, daß ich mir Vorwürfe mache. Ich werfe mir vor, daß ich mich wehrlos den Zufällen ausgeliefert habe. Jetzt ist es mir, als müßte ich Irene suchen, um mich zu rehabilitieren. In Wirklichkeit weiß ich nicht, was ich soll. Man muß doch ein Ziel haben?“

„Immer noch besser ein Ziel“, erwiderte ich, „als ein sogenanntes Ideal.“

„Immer noch besser“, sagte Tunda, „wenn es wirklich ein Ziel wäre.“

Wir erfuhren, daß Irene drei Wochen im Hotel Bellevue gewohnt hatte und nach Paris abgereist war.

„Ich werde hinfahren“, sagte Tunda.

## XXIII

Er kam auf den Einfall, seine sibirischen Erfindungen drucken zu lassen. Dieses Buch war nicht beendet. Ich schrieb ein Nachwort, in dem ich mitteilte, daß der Autor in Sibirien verschollen und daß mir das Manuskript auf eine wunderbare Weise in die Hände gekommen sei. Es erschien unter dem Namen Baranowicz, in der Übersetzung von Tunda. Es erschien in einem großen Berliner Verlag.

Ich entsinne mich noch, wie Tunda überrascht war von den Straßen, den Häusern. Er sah die unwahrscheinlichen Ereignisse und Tatsachen, weil ihm auch die gewöhnlichen merkwürdig erschienen. Er saß auf den Dächern der Autobusse. Er stand vor jedem der hundert grauenhaften hölzernen Pfeile, die in Berlin Richtungen anempfehlen und verbieten. Er besaß die unheimliche Fähigkeit, den unheimlich vernünftigen Wahnsinn dieser Stadt zu begreifen. Er hatte beinahe Irene vergessen.

„Diese Stadt“, so sagte er, „liegt außerhalb Deutschlands, außerhalb Europas. Sie ist die Hauptstadt ihrer selbst. Sie nährt sich nicht vom

Lande. Sie bezieht nichts von der Erde, auf der sie erbaut ist. Sie verwandelt diese Erde in Asphalt, Ziegel und Mauer. Sie spendet mit ihren Häusern dem Flachland Schatten, sie liefert aus ihren Fabriken dem Flachland Brot, sie bestimmt die Sprache des flachen Landes, die nationalen Sitten, die nationalen Trachten. Es ist der Inbegriff einer Stadt. Das Land verdankt ihr seine Existenz und geht gleichsam aus Dankbarkeit in ihr auf. Sie hat ihre eigene Tierwelt im Zoologischen Garten und im Aquarium, im Vogelhaus und im Affenhaus, ihre eigenen Pflanzen im Botanischen Garten, ihre eigenen Felder aus Sand, auf denen Fundamente gesät werden und Fabriken aufgehen, sie hat sogar ihre eigenen Häfen, ihr Fluß ist ein Meer, sie ist ein Kontinent. Sie allein von allen Städten, die ich bis jetzt gesehen habe, hat Humanität aus Mangel an Zeit und anderen praktischen Gründen. In ihr würden viel mehr Menschen umkommen, wenn nicht tausend vorsichtige, fürsorgliche Einrichtungen Leben und Gesundheit schützten, nicht weil das Herz es befiehlt, sondern weil ein Unfall eine Verkehrsstörung bedeutet, Geld kostet und die Ordnung verletzt. Diese Stadt hat den Mut gehabt, in einem häßlichen Stil erbaut zu sein, und das gibt ihr den Mut zur weiteren Häßlichkeit. Sie stellt Pfeiler, Hölzer, Planken, ekelhafte, gläserne, bunte, von innen beleuchtete Kröten an die Straßenränder, in die Kreuzungen, auf die Plätze. Ihre Verkehrspolizisten stehen mit metallenen Signalen da, die wie eben und provisorisch von der Eisenbahnverwaltung ausgeliehen sind, und tragen dabei gespenstisch weiße Handschuhe.

Außerdem duldet sie noch in sich die deutsche Provinz, freilich, um sie eines Tages aufzufressen. Sie nährt die Düsseldorfer, die Kölner, die Breslauer, um sich von ihnen zu nähren. Sie hat keine eigene Kultur in dem Sinne wie Breslau, Köln, Frankfurt, Königsberg. Sie hat keine Religion. Sie hat die häßlichsten Gotteshäuser der Welt. Sie hat keine Gesellschaft. Aber sie hat alles, was überall in allen anderen Städten erst durch die Gesellschaft entsteht: Theater, Kunst, Börse, Handel, Kino, Untergrundbahn.“

Wir sahen in einigen Tagen: einen Amokläufer und eine Prozession; eine Filmpremiere, eine Filmaufnahme, den Todessprung eines Artisten

Unter den Linden, einen Überfallenen, das Asyl für Obdachlose, eine Liebesszene im Tiergarten am hellichten Tag, rollende Litfaßsäulen, von Eseln gezogen, dreizehn Lokale für homosexuelle und lesbische Paare, ein schüchternes normales Paar zwischen vierzehn und sechzehn, das seine Namen in die Bäume schnitt und von einem Wachtmeister aufgeschrieben wurde, weil es eine Beschädigung öffentlichen Gutes verübte, einen Mann, der Strafe zahlte, weil er quer über einen Platz gegangen war statt im rechten Winkel, eine Versammlung der Zwiebelessersekte und die Heilsarmee.

Ich führte meinen Freund Tunda auch in das Lokal der Künstler.

Es war die Zeit, in der die Literaten, die Schauspieler, die Filmregisseure, die Maler wieder Geld verdienten. Es war die Zeit nach der Stabilisierung des deutschen Geldes, in der neue Bankkontos angelegt wurden, sogar die radikalsten Zeitschriften gutbezahlte Inserate hatten und die radikalen Schriftsteller in den literarischen Beilagen der bürgerlichen Blätter Honorare verdienten. Die Welt war schon so konsolidiert, daß die Feuilletons revolutionär sein durften. Man war so weit entfernt vom Bürgerkrieg, daß die revolutionären Schriftsteller mit einem gewissen Vergnügen den Prozessen und den Staatsanwälten entgegensahen und deren Drohungen als freundliche Komplimente entgegennahmen.

Ich zeigte Tunda alle berühmten Leute: den Schriftsteller, der mit schönem frühgebleichtem Haar da saß, mit silbernem, wie von einem Juwelier verfertigtem Kopf, der die sanften Bosheiten verfaßte und dessen Stil zu einer Hälfte aus gutem Geschmack und zur anderen aus Furcht vor Sentimentalität bestand; den Herausgeber einer Zeitung, der seine Herzensgüte jedem offerierte – auch denen, die nicht auf sie reflektierten –, statt des schriftstellerischen Ehrgeizes eine gewöhnliche männliche Eitelkeit besaß und der, mit einer großen Geschicklichkeit für Börsengeschäfte begabt, Geld verdiente und die Großindustrie bekämpfte; den bekannten Zeichner, der, von mittelmäßigem Talent, so lange alle Berühmtheiten zeichnete, bis sie nicht umhin konnten, ihren eigenen Glanz auf ihn zurückzustrahlen; den revolutionären Autor revolutionärer Erzählungen, der, ein Opfer der Justiz, drei Monate gesessen hatte für die Freiheit, für die Gerechtigkeit, für eine neue Welt – und nichts anderes erreicht hatte als seinen eigenen Ruhm, der vorläufig auch nicht schaden konnte.

Ich zeigte Tunda die nachdrängende, immer wieder sich erneuernde Jugend, die mit dem Hochmut der später Kommenden die bereits Anwesenden grüßte, fremde Erfolge erörterte, um für die eigenen zu profitieren, Monokel trug und bunte Krawatten, an die Nachkommenschaft reicher Bankiers erinnerte und vor der Wahl, der Enkel einer jüdischen Großmutter oder der uneheliche Sohn eines Hohenzollernprinzen zu sein, noch unentschlossen schwankte.

Ich zeigte Tunda alle, die mich verachten und die ich grüßen muß, weil ich vom Schreiben lebe.

Am nächsten Tag schickte Tunda Geld: seiner Frau nach Baku und Baranowicz nach Irkutsk. An Baranowicz schrieb er einen ausführlichen Brief.

Erst am 27. August sollte ich ihn in Paris wiedersehen.

## XXIV

Er kam nach Paris am 16. Mai um sieben Uhr morgens.

Er hatte den Sonnenaufgang gesehen. Über einer Landschaft aus dunklem Grün, in der sich gewöhnliche Laubwälder wie Zypressenhaine ausnahmen, rollte, wie mit der Zeitlupe aufgenommen, ein glühender Ball empor und verblaßte zusehends.

Es war Tunda, als hätte er zum erstenmal den Aufgang der Sonne gesehen: Immer war sie aus Nebeln aufgestiegen, die den Übergang von der Nacht zum Tage verhüllen und aus dem Morgen ein Geheimnis machen. Diesmal aber erschienen ihm Nacht und Tag deutlich voneinander getrennt, durch einige saubere Wolkenstriche, auf denen der Morgen heraufstieg wie auf Treppen.

Er hatte in Paris einen klaren blauen Morgenhimmel erwartet. Aber der Morgen in Paris ist mit einem weichen Bleistift gezeichnet. Ein zerstäubter Rauch von Fabriken vermischt sich mit unsichtbaren Resten silberner Gaslampen und hängt über den Fronten der Häuser.

In allen Städten der Welt sind es um sieben Uhr morgens die Frauen, die zuerst aus den Häusern treten: Dienstmädchen und Stenotypistinnen. In allen Städten, die Tunda bis jetzt gesehen hatte, bringen die Frauen noch eine Erinnerung von Liebe, Nacht, Betten und Träumen in die Straßen. Die Pariserinnen aber, die des Morgens die Straße betreten, scheinen die Nacht vergessen zu haben. Sie haben die frische neue Schminke auf Lippen und Wangen, die wunderbarerweise an eine Art Morgentau erinnert. Es sind vollkommen angezogene Frauen, es ist, als gingen sie ins Theater. Sie aber gehen mit klaren nüchternen Augen in einen klaren nüchternen Tag. Sie gehen schnell, mit starken Beinen, auf sicheren Füßen, die zu wissen scheinen, wie man Pflastersteine behandelt. Tunda hatte, als er sie gehen sah, den Eindruck, daß sie niemals Absätze und Sohlen verbrauchen.

Er ging durch häßliche alte Gassen mit aufgerissenem Pflaster und billigen Läden. Aber wenn er den Blick erhob, über die Ladenschilder, waren es Paläste, die mit unberührter Gleichgültigkeit Händler zu ihren Füßen duldeten. Es waren immer die gleichen alten Fensterscheiben, in acht Parallelogramme aufgeteilt, mit den gleichen, grauen, dünn gerillten, bis zur Hälfte herabgelassenen Jalousien. Nur selten war ein Fenster offen, und selten stand an einem offenen Fenster ein unbekleideter Mensch.

Vor den Läden saßen Katzen, sie schwenkten die Schweife wie Fahnen. Sie saßen mit sorgfältig beobachtenden Augen wie Wachhunde vor den Körben mit grünem Salat und gelben Mohrrüben, dem bläulich schimmernden Kohl und den rosaroten Radieschen. Die Läden sahen aus wie Gemüsegärten, und trotz der weichen, bleifarbenen Atmosphäre, welche die Sonne verhüllte, trotz dem Rauch und der plötzlich aus dem Asphalt aufsteigenden Hitze war es Tunda, als wanderte er durch freies Land, und er roch den Duft der aufsteigenden Erde.

Er gelangte auf einen kleinen runden Platz mit einem lächerlichen Denkmal in der Mitte. Ja, als er dieses Denkmal sah, lachte er laut, daß er glaubte, die Menschen würden aus den Häusern treten. Aber nicht einmal diejenigen, die draußen waren, gaben auf ihn acht. Es waren eine dicke schwarze Frau, die vor einem Putzereiladen stand, und ein großer Mann mit einem weithin glänzenden schwarzen Schnurrbart, der eben sein kleines Schokoladengeschäft öffnete. Sie sprachen miteinander, schienen Tunda zu sehen, aber ihn absichtlich nicht zu beachten. Sie machten Witze am frühen Morgen. Tunda lachte vor dem Denkmal.

Es stellte einen glattrasierten Herrn in einem flatternden Mantel in Lebensgröße auf einem Sockel vor. Daß der Tod seinen Alltag nicht unterbrochen hatte, schien ihm eine ausgemachte Sache. Eine kleine Störung, nichts weiter. Man stellte sich, statt den weiten Weg ins Jenseits zu wandern, bequem in der Mitte eines runden Platzes hin, ein Theaterchen mit klassischen Säulen im Hintergrund, und hing weiter seiner Beschäftigung nach, nämlich dem Dichten.

Der Platz, mit Ausnahme seiner zwei Läden, schlief noch. Die Häuser legten sich um ihn, in sanfter Rundung, wie ein Ring um einen Finger. Von einigen Lücken aus liefen strahlenförmig Gassen nach allen Seiten, und aus einer schimmerte das dunkle Grün eines offenbar dichten Parks herüber, in dem Vögel lärmten.

An der Ecke war ein Hotel, ein Hotel wie ein Laden.

Tunda ging hinein, es war dunkel, eine Glocke wimmerte, und eine junge geschminkte Frau trat hinter einem billigen, sanft geblümten Vorhang hervor. Sie erschien sehr kühn und hoher Bewunderung wert, weil sie den Mut hatte, in dieser Dunkelheit, hinter diesem Vorhang zu leben, weil sie Tunda mit ebenso rücksichtsloser, fast aggressiver, aber doch wieder freundlicher Stimme nach seinen Wünschen fragte. Sie kam ihm sehr kühn vor, es schien, daß sie die großartige Fähigkeit hatte, als ein Mensch aus Fleisch und Blut durch Träume zu gehen und inmitten von Wundern selbst ein Wunder zu sein.

In diesem Hotel, dieser Frau wegen, mietete Tunda ein Zimmer, im sechsten Stock. Vom Fenster aus konnte er den weichen Hut des steinernen Dichters sehen, Spatzen, die auf seinem Kopf tanzten, das Dach mit dem dreieckigen Giebelvorsprung des Theaters, alle strahlenförmigen Straßen, rechts das dunkle Grün des Gartens und weit und breit hüpfende Schornsteine, wie Kinder in einem blauen Dunst.

Am Nachmittag ging er durch kleine und große, enge und breite Straßen, in denen Kaffeeterrassen blühten mit runden Tischchen auf dünnen Beinen, und die Kellner gingen wie Gärtner einher, und wenn sie Kaffee und Milch in Tassen schütteten, war es, als besprengten sie weiße Beete. An den Rändern standen Bäume und Kioske, es war, als verkauften die Bäume Zeitungen. In den Schaufenstern – er dachte an die törichten Schaufenster der Rue de la Paix – tanzten die Waren durcheinander, aber in einer ganz bestimmten und stets übersichtlichen Ordnung. Die Polizisten in den Straßen lustwandelten, ja, sie lustwandelten, eine kleine Pelerine auf der rechten oder auf der linken Schulter – daß dieses Kleidungsstück vor Hagel und Wolkenbruch schützen sollte, war merkwürdig. Doch trugen sie es mit einem unerschütterlichen Vertrauen auf die Qualität des Stoffes oder auf die Güte des Himmels – wer kann es wissen? Sie gingen nicht wie Polizisten herum, sondern wie Nichtstuer, die Zeit haben, sich die Welt anzusehen.

Es schien Tunda, daß er einen von ihnen fragen könnte, wo Irene sei, und er würde ihm antworten oder wenigstens einen guten Rat geben. In dieser Stadt lebte Irene. In dieser Stadt lebte Frau G. Seit dem Augenblick, in dem er Paris betreten hatte, konnte er beide Frauen nicht mehr voneinander unterscheiden. Sie wurden *eine* Frau, und er liebte sie. Er beschloß, an Frau G. zu schreiben.

Er wußte ihre Adresse. Er hatte sie ein dutzendmal umgeschrieben, und außerdem lag in einem Fach seiner Brieftasche jener fatale Zettel, mit dem sie sich verraten hatte.

Er hatte neues, weiches glattes Quartpapier gekauft, es war ihm, als begänne mit diesem Papier ein neuer Abschnitt seines Lebens. Es hängt viel von solchen Dingen ab, entscheidende Briefe, Schicksalsbriefe, müssen auf einem gefälligen, einladenden, aufmunternden, fröhlichen, festlichen Papier geschrieben werden. Er schrieb diesen Brief mit violetter Tinte, um ihn gleichsam von allen anderen gewöhnlichen Briefen auszuzeichnen. Er hatte Frau G. vor allem ein Geständnis zu machen, und eines, das sie vielleicht enttäuschen würde.

Als er aber zu schreiben anfing, glaubte er, daß gerade die französische Sprache für Geständnisse geschaffen war. Nichts Leichteres, als auf französisch aufrichtig zu sein. Die nackte Wahrheit, die immer einen brutalen Klang hat, liegt weich gebettet in den Wendungen und dennoch klar gezeichnet, sie ist mehr sichtbar als hörbar, wie es sich für eine Wahrheit geziemt. Es war gewiß ein fehlerhafter Brief, aber in keiner Sprache lassen sich so noble, so selbst um Verzeihung bittende Fehler machen wie in der französischen. Als er den Brief geschlossen und die Adresse sorgfältig gemalt hatte, war er fast so mutig wie seine junge geschminkte Hotelwirtin.

Einige Tage vergingen. Es kam keine Antwort. Er wartete. Aber dieses Warten war nicht mit Qual verwandt und nicht mit Furcht, sondern es war wie das Warten vor einem herabgelassenen Theatervorhang.

Er blieb den größten Teil des Tages zu Hause. Am späten Morgen erwachte er von einem regelmäßig jeden Tag einsetzenden Geräusch auf der Straße, dessen Ursache zu ergründen er sich nicht entschließen konnte. Er war neugierig. Er wollte sehen, was er jeden Morgen hörte. Aber er schob es auf – von einem Tag zum andern, es war angenehm, daß er freiwillig aufschieben konnte, und der Neugier zu befehlen gewährte einen ungeahnten, einen herrschaftlichen, einen wirklichen Machtgenuß.

Ein Diener kam und säuberte das Zimmer, obwohl Tunda noch im Bett lag. Dieser Diener schien seit Jahrzehnten im Hotel beschäftigt, dennoch verrichtete er seine Arbeit mit einem großen, erschütternden Interesse, jedes Staubkörnchen betrachtete er mit einem neugierigen Wohlgefallen, das Waschbecken drehte er um, als hoffte er, auf der Rückseite Unerwartetes zu entdecken. Er sagte jeden Morgen: „Es ist schönes

Wetter heute, Sie müßten in den Park gehen!“ Jeden Morgen sagte Tunda: „Ich erwarte einen wichtigen Brief.“ Er sprach zu Tunda wie ein guter Onkel zu einem eigensinnigen Neffen oder wie ein sanfter Irrenwärter zu einem gutgearteten Patienten. Er war, dieser Diener, ironisch und höflich, obwohl er gerne wie ein Poltron erscheinen wollte und immer die Wahrheit ins Gesicht sagte. „Sie schlafen aber gern!“ sagte er einmal. Und je länger Tunda schlief, desto häufiger entschuldigte er sich: „Ich habe Sie geweckt, verzeihen Sie!“

Eines Tages kam er früher als gewöhnlich, schwenkte ein blaues Kuvert und rief: „Das ist der Brief, den Sie erwarten!“ Er legte ihn auf die Decke und zog schnell die Hand zurück, so, als brennte ihn das Papier, als würde es bald explodieren. Es war ein billiges, durchsichtiges, gemeines Kuvert, es fühlte sich an wie ein Löschblatt und enthielt die Rechnung.

An diesem Tag ging Tunda zum zweitenmal aus, setzte sich in den nahen Park, einem Teich gegenüber, auf dem Knaben kleine Segelschiffchen schwimmen ließen. Er wollte einen Brief herbeilocken. Der Brief sollte überlistet werden. Er sollte nicht wissen, daß man ihn mit Ungeduld erwartete, dann würde er gewiß kommen.

Aber es kam kein Brief.

Tunda fragte noch einmal die junge Frau, ob man ihn nicht gesucht hätte. Und genau wie das erstemal sagte sie mit einem tröstenden Kopfnicken – es war wie das kalte berufliche Beileid eines Sarghändlers:

„Die letzte Post ist noch nicht dagewesen; der Briefträger kommt gegen sieben Uhr.“ –

Es kam auch mit der letzten Post nichts.

Es wurde wieder Morgen, das bekannte unbekannte Geräusch weckte Tunda, der Diener kam, er kaute noch an seinem Frühstück. Plötzlich sagte er, während er den Hahn der Wasserleitung zärtlich zu polieren begann:

„Irgendjemand hat gestern nach Ihnen gefragt.“

„Wer? Wann? Um wieviel Uhr? Eine Dame?“

„Es war so gegen fünf Uhr nachmittags –“

Und er zog an seiner dicken silbernen Kette eine dicke silberne Uhr hervor, sah einige Sekunden lang auf sie, als hätte er sich auf dem Zifferblatt etwas notiert und wiederholte:

„Ja, gegen fünf Uhr nachmittags.“

„Und wer war es?“

„Eine Dame.“

„Hat sie nichts zurückgelassen?“

„Nein.“

„Eine junge Dame?“

„Ja, es wird wohl eine junge Dame gewesen sein.“

„Und hat sie nicht gesagt, daß sie wiederkommt?“

„Mir nicht.“

„Wem denn sonst?“

„Niemandem.“

Dann putzte er weiter ausführlich den Hahn der Wasserleitung, warf die Seife in die Luft wie einen Ball und fing sie wieder auf, lächelte und sagte:

„Eine hübsche kleine junge Dame.“

„Und Sie allein haben mit ihr gesprochen?“

„Ja, ich ganz allein.“

„Und warum haben Sie es gestern nicht gesagt?“

„Gestern abend war ich frei. Ich bin spazierengegangen.“

„Hier haben Sie ein Trinkgeld. Und wenn sie noch einmal kommt, sagen Sie es mir, bevor Sie spazierengehen.“

Er warf das Geldstück in die Luft, wie vorhin die Seife, sagte: „Entschuldigen Sie, daß ich Sie gestört habe“, und ging.

Dann kam ein langer Sonnabend, der Diener brachte neue Bettwäsche und Handtücher, er streichelte sie, bevor er sie auf eine Sessellehne hängte, und wandte sich zum Gehen. Er hielt die Klinke einen Moment in der Hand, zögerte, als hätte er noch etwas Wichtiges, aber Peinliches zu sagen.

Schließlich sprach er, schon halb in der Tür:

„Es ist niemand dagewesen."

Tunda erwachte am hellen Sonntagmorgen.

Der Himmel war ganz nahe über dem Fenster, weiße Wölkchen wehten, es war unbestreitbar Mai in der Welt.

Es klopfte an der Tür, und der Diener sagte:

„Jemand will Sie sprechen –"

Frau G. trat ein.

Sie streifte langsam einen Handschuh ab, er fiel auf die Bettdecke, leicht, von einem zärtlichen Wind hingelegt. Da lag er, hohl, schlaff, aber wie ein weiches, lebendiges, merkwürdiges Tier.

„Nun, mein Freund", sagte sie, „sind Sie gekommen, mich zu sehen oder die Revolution vorzubereiten?"

„Sie zu sehen! Glauben Sie mir immer noch nicht? Es ist alles wahr, was ich Ihnen geschrieben habe. Ich schwöre es!"

Tunda holte seine Papiere herbei, als wäre sie von der Polizei, als gälte es, seine Freiheit zu retten.

Sie setzte sich aufs Bett – und das war wie ein Wunder. Sie kraute mit drei Fingern die Papiere, sah sie mit Verachtung an und zog die Photographie Irenes sofort hervor.

„Wer ist diese schöne Frau?"

„Sie war meine Braut."

„Und sie ist tot?“ fragte sie mit einer ruhigen Stimme, es gab nichts Einfacheres in der Welt als den Tod Irenes. Nicht nur Irene, alle Frauen waren tot, begraben.

„Ich glaube, daß sie noch lebt“, sagte Tunda schüchtern, als bäte er um Entschuldigung.

Er küßte ihre Hand, sie steckte mit der Linken eine Zigarette in den Mund, und er sprang auf, um Streichhölzer zu holen.

Es schien plötzlich in der ganzen Welt nichts Wichtigeres zu geben als diese Streichhölzer. Das Streichholz brannte, ein kleines blaues Freudenfeuer.

„Auf Wiedersehen!“ sagte sie, sah ihn aber nicht an, sondern die Photographie Irenes, die noch auf dem Bett lag.

Der Himmel war immer noch blau.

## XXV

Tunda hatte ein paar Empfehlungen – von seinem Bruder und von Bekannten. Er machte Besuche.

Es waren Besuche höchst langweiliger Art. Es waren gelehrte und halbgelehrte Männer, würdig, aber von einer durch witzige Veranlagung gemilderten Würde. Es waren Männer mit glatten alten und gut erhaltenen Gesichtern und sorgfältig gebürsteten, grauen Bärten, in denen man noch die Zähne der Kämme sehen konnte. Diese Männer bekleideten öffentliche Stellungen, sie waren Professoren oder Schriftsteller oder Präsidenten humanitärer und sogenannter kultureller Vereine. Sie hatten seit dreißig Jahren wenig anderes mehr zu tun gehabt, als zu repräsentieren. Von ihren deutschen Kollegen unterschieden sie sich durch bestimmte, runde, vollkommene Bewegungen und eine Politesse des Redens.

Tunda lernte den Präsidenten Marcel de K. kennen. Er bewohnte eine Villa in einem Vorort von Paris, den er nur zwei- oder dreimal im Jahre verließ, um besonderen, festlichen Sitzungen der Akademie beizuwohnen.

Er versicherte Tunda, daß er Deutschland liebe.

„Herr Präsident“, sagte Tunda, „Sie tun mir eine große Ehre an, indem Sie mich, einen Privatmann, Ihrer wertvollen Liebe zu Deutschland versichern. Aber ich bin beinahe nicht befugt, diese Ihre freundliche Versicherung entgegenzunehmen. Ich habe kein öffentliches Amt, nicht einmal ein privates. Ich wäre sogar in Verlegenheit, wenn ich Ihnen sagen müßte, was mein Beruf ist. Ich bin vor nicht langer Zeit aus Rußland zurückgekommen, habe mich kaum in Deutschland umgesehen und war zwei Wochen in Berlin. Etwas länger lebte ich bei meinem Bruder in der Stadt X. am Rhein. Ich habe nicht einmal Zeit gefunden, mich in meiner Heimat, in Österreich, zurechtzufinden.“

Er hatte den alten ehrwürdigen Herrn in eine gewisse Verlegenheit gebracht. Deshalb sagte er: „Ich könnte Ihnen noch am meisten von Sibirien erzählen, wenn es Sie interessiert.“

Sie sprachen von Rußland. Der Präsident hatte die Vorstellung, daß in Petersburg immer noch geschossen wird.

Tunda erlebte bei diesem Präsidenten einen delikaten Geschmack, der ihm jede Ahnungslosigkeit erlaubte. Er hatte das Recht, gar nichts zu wissen. Frankreich gab ihm alles, was er brauchte: Berge, Meer, Geheimnis, Klarheit, Natur, Kunst, Wissenschaft, Revolution, Religion, Geschichte, Freude, Anmut und Tragik, Schönheit, Witz, Satire, Aufklärung und Reaktion.

Tunda betrachtete den alten Herrn mit dem reinen Vergnügen, das manche Menschen auf einem Spaziergang in einem gepflegten Garten empfinden. Er sah sein altes gleichmäßiges Gesicht, an dem der Kummer mit Vorsicht gearbeitet hatte, die Enttäuschungen lagen in ihren vorbestimmten Falten, die kleinen Freuden des Lebens hatten einen schönen klaren Glanz in den Augen hinterlassen, um den schmalen, scharfen und weiten Mund war der Bart gebreitet wie eine silberne Ruhe, auf dem Kopf waren nur so viel Haare ausgegangen, wieviel nötig sind, eine schöne, kluge, repräsentative Stirn entstehen zu lassen. Welch ein Greis! Keiner konnte mit größerer Berechtigung Herr Präsident heißen als er.

Tunda hatte die Gewohnheit angenommen, der Schönheit zu mißtrauen. Deshalb glaubte er in der ersten Zeit dem Präsidenten kein Wort, auch nicht das gleichgültigste. Wenn er zum Beispiel erzählte, daß er vor zwanzig Jahren in der Kammer diesen oder jenen Minister beiseite gerufen hatte, um ihm unter vier Augen die Wahrheit zu sagen, so hielt es Tunda für eine Übertreibung, die das Alter entschuldigt. Denn die Wahrheiten, die der Herr de K. zu sagen hatte, konnten auch ohne Furcht vor eventuellen Folgen in der Öffentlichkeit gesagt werden.

Nachdem er aber den freundlichen Herrn drei- und viermal gesprochen hatte, begann er zu ahnen, daß der Alte keineswegs übertrieb. Nicht die Tatsachen übertrieb er, sondern den Grad und die Gefahren seiner Aufrichtigkeit. Das, was er mit einem gewissen Schauder die Wahrheit nannte, war ein gleichgültiger, fast ein lächerlicher Teil der Wahrheit. Er übertrieb wirklich nicht mit Wissen. Wenn er ein allgemeines, oft wiederholtes, zur Banalität entwürdigtes Wort über Deutschland sagte, so war es in seinem Mund keine gedankenlose Wiederholung, sondern etwas wie eine höfliche Entdeckung. Er machte immer wieder längst erledigte Erfahrungen. Wenn er väterlich sagte: „Ich schätze Ihre Gesellschaft, lieber junger Herr“, so mußte sich Tunda wirklich ausgezeichnet fühlen. In diesem bedächtigen Munde, infolge der langsamen Bewegungen der Zunge, bekam jede Phrase ihre alte ursprüngliche Bedeutung. Und es war selbstverständlich, daß der alte Herr einen Minister unter vier Augen sprechen mußte, um ihm etwa zu sagen:

„Ich habe den doppelten Sinn Ihrer Rede wohl gemerkt.“

Tunda sah bei diesem Herrn, worin ein wichtiger Teil der Vornehmheit besteht: nämlich in der Furcht vor der Übertreibung (schon die ungeschminkte Wahrheit ist eine Übertreibung); in dem Vertrauen auf die Richtigkeit, auf die Gerechtigkeit der oft erprobten Wendung – denn schon eine neue Formulierung schießt über das Ziel hinaus.

Er lernte bei dem würdigen Präsidenten einige Menschen kennen: den Herausgeber einer Zeitschrift „von Bedeutung“, seine Mitarbeiter, eine Frau, von deren Beziehungen zu einem Minister Andeutungen gemacht wurden, einen Herrn von Adel, der am Rhein zu Hause war und Verwandte auf Schloßruinen in Frankreich, Italien und Österreich hatte. Es war einer von jenen Aristokraten, die Zeitschriften herausgeben, um sich durch eine Abart schöpferischer Tätigkeit ihres klangvollen Namens würdig zu erweisen. Sie haben sich mit der besiegelten Ohnmacht der Aristokratie noch nicht abgefunden, und während sie an den Tischen ihrer Erben, den Industriellen, den Hunger stillen, vergessen sie nicht einen Augenblick, daß sie diese Tische auch zieren. Weil sie nicht, wie manche ihrer Standesgenossen, die Fähigkeit haben, auch nur repräsentative Fabrikdirektoren und Empfangschefs in Kohlengebieten zu werden, beschäftigen sie sich mit der Politik. Und weil sie durch Kriege keine Besitzvergrößerungen mehr erhoffen, machen sie Friedenspolitik. Der besondere Reiz des Mannes, von dem hier die Rede ist, lag übrigens noch darin, daß er aus Prinzip für eine Diktatur war, für starke Fäuste. Er erwartete ein geeinigtes Europa, unter der Herrschaft eines Papstes mit weltlicher Diktaturgewalt oder etwas Ähnliches. Wenn er sprach, legte er die Hände zusammen, so, daß sich die Spitzen der Finger berührten, er muß es einmal von einem Abbé gelernt haben, wie man Giebel aus Händen konstruiert. Er sprach mit der eindringlichen, leisen und klangvollen Stimme beruflicher Hypnotiseure und bekleidete nüchterne Erzählungen mit mystischen Schimmern. Im übrigen gab er sich gerne für einen armen Teufel aus – auch das kann in der guten Gesellschaft ein Reiz sein.

Frauen reicher Fabrikanten, die sich immer noch unverstanden wähnen, aber wenig Gelegenheit haben, mit der Literatur Fühlung zu bekommen – weil Literaten unter Umständen doch gefährlich werden können –, ergeben sich gerne Aristokraten mit literarischen Neigungen, in denen die weibliche Seele alles findet, wessen sie bedarf: Verständnis, Zartheit, Adel, einen Schuß Bohème. Jener Herr aß nicht nur an den Tischen der Industrie, er schlief auch in ihren Betten. In den unregelmäßigen

Zwischenräumen gab er seine Zeitschrift heraus. Er hatte Mitarbeiter aus allen Lagern. Denn es gibt auch ehrliche Menschen, die am europäischen Frieden Interesse haben.

Wie zum Beispiel jenen Diplomaten, der, an der Berliner französischen Botschaft beschäftigt, seine Karriere von einer deutsch-französischen Verständigung abhängig gemacht hatte. Er lebte seit Jahren in Deutschland und haßte es aufrichtig. Aber was konnte dieser Haß gegen seine Liebe zu sich selbst? Jeden Schritt der sogenannten Annäherung schrieb man ihm zugute, er vollbrachte Leistungen wider seinen Willen, er war ein Spezialist für Liebe zu Deutschland.

Ehrlicher, aber auch ahnungslos, war die Dame mit den Beziehungen, die außer einem freundlichen Gesicht und einer gutgebauten Statur gerade so viel Verstand hatte, wie ein Zeitungsbericht erfordert und ein Gespräch mit einem deutschen Minister.

Sie alle sprachen in weihevollen Stunden von einer Gemeinsamkeit der europäischen Kultur. Einmal fragte Tunda:

„Glauben Sie, daß Sie imstande wären, mir präzise zu sagen, worin diese Kultur besteht, die Sie zu verteidigen vorgeben, obwohl sie gar nicht von außen angegriffen wird?"

„In der Religion!" – sagte der Präsident, der niemals die Kirche besuchte.

„In der Gesittung" – die Dame, von deren illegitimen Beziehungen die Welt wußte.

„In der Kunst" – der Diplomat, der seit seiner Schulzeit kein Bild betrachtet hatte.

„In der Idee: Europa" – sagte klug, weil allgemein, ein Herr namens Rappaport.

Der Aristokrat aber begnügte sich mit dem Zuruf:

„Lesen Sie doch meine Zeitschrift!"

„Sie wollen", sagte Tunda, „eine europäische Gemeinschaft erhalten, aber Sie müßten sie erst herstellen. Denn die Gemeinschaft ist ja nicht vorhanden, sonst würde sie sich schon selbst zu erhalten wissen. Ob man überhaupt irgend etwas herstellen kann, scheint mir ja sehr zweifelhaft. Und wer sollte übrigens diese Kultur, wenn sie noch da wäre, angreifen? Etwa der offizielle Bolschewismus? Der will sie ja auch in Rußland."

„Aber zugleich hier – jedenfalls hier zerstören, um sie vielleicht allein zu besitzen", rief der Herr Rappaport.

„Ehe er dazu kommt, ist sie wahrscheinlich durch einen neuen Krieg verschwunden."

„Eben den wollen wir ja verhindern", sagten mehrere auf einmal.

„Wollten Sie es nicht auch im Jahre 1914? Als aber der Krieg ausbrach, gingen Sie in die Schweiz, gaben dort Zeitschriften heraus, und hier erschoß man die Kriegsdienstverweigerer. Sie haben jedenfalls genug, um ein Billett nach Zürich rechtzeitig zu lösen, und immer Beziehungen, um einen gültigen Paß zu bekommen. Aber das Volk? Ein Arbeiter muß sogar in Friedenszeiten drei Tage auf ein Visum warten. Nur einen Einberufungsschein bekommt er sofort."

„Sie sind ein Pessimist", sagte der gütige Präsident.

In diesem Augenblick betrat ein Herr das Zimmer, den Tunda schon kannte. Es war Herr de V. Er kam eben von einer Amerikareise zurück. Er war wieder Sekretär, nicht mehr bei dem Rechtsanwalt, sondern bei einem hohen Politiker.

Nie hätte er gedacht, so sagte er, daß Tunda wirklich nach Paris kommen könnte. Und welch ein glücklicher Zufall, der sie bei seinem alten lieben Freund – so dürfe er doch wohl sagen –, dem Herrn Präsidenten, zusammenführte.

Dann begann der Sekretär von Amerika zu erzählen.

Er war ein „geborener Erzähler". Er ging von einer anschaulichen und übertriebenen Situation aus und kam von privaten Erlebnissen auf allgemeine Zustände. Er hob und senkte die Stimme, er erzählte die Hauptsachen sehr leise, so daß er Nebensachen mit lauter Stimme übertäuben durfte. Sehr ausführlich schilderte er den Verkehr in den

Straßen und die praktischen Hotels. Über die Amerikaner machte er sich lustig. Theatervorstellungen beschrieb er mit Bosheit. Von Frauen deutete er Intimes an. Jedesmal zog er an den Bügelfalten über seinen Knien, es erinnerte von ferne an die schüchterne Bewegung eines jungen Mädchens, das seine Schürze zupft. Der Sekretär war unbedingt ein sympathischer Mensch. Aber seine plötzliche Rückkehr aus Amerika bewirkte, daß der alte gütige Präsident Tunda nicht mehr häufig einlud und daß er nicht mehr „lieber Herr" zu ihm sagte, sondern „mein Herr".

## XXVI

Tunda konnte bei Frau G. den intimen Freund eines großen Dichters und andere Menschen sehen.

Die Damen saßen in Hüten, eine ältere Dame zog nicht die Handschuhe aus. Sie nahm das kleine Gebäck mit den ledernen Fingern entgegen, steckte es zwischen Lippen aus Karmin, kaute es mit Zähnen aus Porzellan – ob ihr Gaumen echt war, blieb zweifelhaft. Aber nicht sie, sondern der Freund des großen Dichters erregte Aufsehen.

Der Freund des Dichters, ein Ungar, hatte sich in Paris so akklimatisiert wie einmal in Budapest. Die ungarische Melodie, mit der er französisch sang, hätte die empfindlichen Ohren der Franzosen beleidigt, wenn er nicht in dieser Melodie Geschichten aus dem Leben seines großen literarischen Freundes vorgetragen hätte. Auch der Ungar war ein Kulturvermittler und polyglott seit seiner Geburt. Er konnte davon leben. Denn er übersetzte Molnár, Anatole France, Proust und Wells – jeden in die Sprache, in der er gerade verlangt wurde, und außerdem die gangbaren Possen in alle Sprachen zugleich. Er war bekannt auf der Pressetribüne des Völkerbundes in Genf, in den Kanzleien der Berliner Revuetheater, der Theateragenten und in den Feuilletonredaktionen aller großen Zeitungen des Kontinents.

Er sprach wie eine Flöte. Es war wunderbar, daß er mit dieser weichen Kehle in der Liga für Menschenrechte Protektionen für ungarische

Freunde durchsetzen konnte. Er tat überhaupt manches Gute, nicht aus angeborener Hilfsbereitschaft, sondern weil ihn seine Verbindungen zwangen, Gefälligkeiten zu erweisen.

Es traf sich, daß er mit Tunda zusammen das Haus der Frau G. verließ. Er gehörte zu jenen mitteleuropäischen Männern, die ihre Gesprächspartner am Arm führen, bei jeder Straßenecke stehenbleiben oder zu sprechen aufhören müssen. Sie verstummen, wenn man ihnen den Arm entzieht, wie eine elektrische Lampe erlischt, wenn man den Kontakt aus der Wand entfernt.

„Sie kennen Herrn de V.?“ fragte er.

„Nicht sehr genau!“ erwiderte Tunda.

„Welch ein geschickter Mann – sehen Sie, jetzt kommt er gerade aus Amerika zurück. Eine Weltreise ist für ihn ein Katzensprung. Er hat übrigens schon die halbe Welt gesehen. Das kostet ihn keinen Pfennig. Er ist immer bei irgendeinem reichen oder wenigstens einflußreichen Mann beschäftigt. Als Sekretär oder –“

Er wartete eine lange Minute, dann sagte er: „Mit Frau G. ist es aus.“

Er ließ Tundas Arm los, stellte sich ihm gegenüber, als erwarte er etwas Außerordentliches.

Statt dessen aber sagte Tunda gar nichts.

„Sie wußten es wohl?“ fragte er.

„Nein!“

„Aber Sie interessieren sich nicht für den Herrn.“

„Nur wenig.“

„Dann gehen wir einen Kaffee trinken.“

Und sie gingen einen Kaffee trinken.

## XXVII

Um diese Zeit begann Tundas Geld auszugehen.

Er schrieb seinem Bruder. Georg antwortete, daß er mit barem Geld leider nicht helfen könne. Sein Haus stände allerdings immer offen.

Die Kühnheit der schönen Hotelwirtin, die Tunda so bewundert hatte, verwandelte sich in Hohn. Denn die schönen, jungen und kühnen Wirtinnen der Hotels haben nicht umsonst ein Leben hinter dunklen, billig geblümten Vorhängen verbracht. Dafür will man bezahlt sein.

Die Armut eines Mieters halten sie für eine ausgeklügelte Bosheit, ihnen persönlich vom Mieter zugedacht.

Die Vorstellung, die der kleine Bürger von der Armut hat: der Arme hat sich lange um die Armut beworben, um mit ihrer Hilfe seinem Nächsten ein Leid anzutun.

Aber gerade vom kleinen Bürger ist, wer gar nichts hat, abhängig. Hoch oben hinter den Wolken lebt Gott, dessen Allgüte sprichwörtlich geworden ist. Ein bißchen tiefer unten leben die verwöhnten Menschen, denen es gut geht und die vor jeder Ansteckung mit der Armut so gefeit sind, daß sich bei ihnen die wunderbaren Tugenden entwickeln: Verständnis für die Not, Barmherzigkeit, Güte und sogar Vorurteilslosigkeit. Aber zwischen diesen Edlen und den andern, die den Edelmut am ehesten brauchen, sind als Isolatoren die Mittelständler geklemmt, die den Brothandel betreiben und die Versorgung der Menschen mit Kost und Quartier. Die ganze „soziale Frage" wäre gelöst, wenn die Reichen, die ein Brot verschenken können, auch die Bäcker der Welt wären. Es gäbe viel weniger Ungerechtigkeit, wenn die Juristen vom obersten Gerichtshof in den kleinen Strafgerichten säßen und die Polizeipräsidenten selbst die kleinen Diebe verhaften wollten.

So aber ist es nicht.

Der Hoteldiener fühlte zuerst, daß Tunda kein Geld mehr hatte. Im Laufe eines langen Lebens hatte er seinen angeborenen Instinkt für den Besitzstand der wechselnden Herren zu einer Prophetie entwickelt. Er hatte Millionen Rasierklingen stumpf werden sehen, Millionen Seifen kleiner werden, Millionen Zahnpastatuben flach werden. Er hatte tausend Anzüge aus den Kleiderschränken auswandern sehen. Er lernte erkennen, ob einer hungrig aus einem Park zurückkehrte oder satt aus einem Gasthaus.

## XXVIII

Tunda kannte Europa noch nicht. Er hatte anderthalb Jahre für eine große Revolution gekämpft. Aber hier erst wurde ihm klar, daß man Revolutionen nicht gegen eine „Bourgeoisie" macht, sondern gegen Bäcker, gegen Kellner, gegen kleine Gemüsehändler, winzige Fleischhauer und machtlose Hoteldiener.

Niemals hatte er die Armut gefürchtet, er hatte sie kaum gefühlt. Aber in der Hauptstadt der europäischen Welt, aus der die Gedanken der Freiheit ausgehen und ihre Gesänge, sah er, daß man keine trockene Brotrinde umsonst bekommt. Die Bettler haben ihre ganz bestimmten wohltätigen Spender, und aus jedem mitleidigen Herzen, an das man klopft, kommt die Antwort: Schon besetzt!

Er ging einmal zu Frau G.

Zum erstenmal kam es ihm in den Sinn, daß zwischen ihr und ihm gar nichts bestand, daß jener Nachmittag, jener Abend in Baku nichts mehr waren als die Begegnung zweier Menschen auf einem Bahnhof, bevor sie in verschiedene Züge steigen. Er erkannte, daß ihre Fähigkeiten, zu erleben, Schmerzen zu fühlen, Freude, Angst, Kummer, Jubel und alles, was Leben ausmacht, erstorben waren. Er konnte nicht entscheiden, ob der Besitz, ob die materielle Sicherheit, in der sie lebte, sie stumpf gemacht hatten. Sie hatte ja die bewundernswerte, rätselhafte Fähigkeit, mit schlanken Fingern die Gegenstände und die Menschen, mit schönen schmalen Füßen und Zehen den Boden zu berühren. Jede ihrer Bewegungen hatte doch ihren Sinn, einen fernen, einen dichterischen Sinn, er war da außer dem unmittelbaren Zweck und wichtiger als dieser.

In ihr war der Siedlungsbereich der europäischen Kultur, von der die Unglücksverhüter, die Europäer sprachen. Keinen anderen, keinen stärkeren Beweis für die Existenz einer europäischen Kultur als diese Frau G. Aber damit sie sei, waren die Menschen ohne Herz, die Bäcker hart und die Armen ohne Brot. Und sie, das Resultat dieses Unglücks, wußte es nicht, durfte es nicht wissen, sie durfte nicht einmal eine große Leidenschaft fühlen, weil Leidenschaft der Schönheit schadet. So einfach war die Welt trotzdem nicht, wie Natascha einmal erklärt hatte. Es gibt auch andere Gegensätze als reich und arm. Aber es gibt eine Not, der man tausend Erkenntnisse und das Leben verdankt, und einen Reichtum, der tot macht, tot und schön, tot und zauberhaft, tot, glücklich und vollkommen.

Wie durch irgendein Gesetz verpflichtet, sagte Tunda: „Ich liebe Sie!“ – vielleicht nur um seine Anwesenheit zu erklären.

Denn was hätte er sonst hier zu suchen gehabt? Er suchte wie ein Mensch, der einen Menschen verliert, aus dem Trieb, der manchmal stärker ist als der Trieb der Selbsterhaltung, nach einem letzten Mittel, sie zu halten.

Er dachte die ganze Zeit: was würde sie sagen, wenn es ihm einfiele, sie um Geld zu bitten. Wie häßlich käme es ihr vor, erstens, daß er kein Geld hatte, zweitens, daß er in ihrer Gegenwart davon sprach, drittens, daß er keine wichtigeren Sorgen hatte als die, was er morgen essen werde? Wie würde sie ihn verachten! Wie häßlich ist Geld, das man nicht hat! Um wieviel häßlicher, wenn man es mitten in der schönsten Stadt der Welt, vor einer schönen Frau nötig hat. Armsein war in ihren Augen das Unmännlichste – und nicht nur in ihren Augen. In dieser Welt war Armut Unmännlichkeit, Schwäche, Torheit, Feigheit und ein Laster.

Er verließ sie mit jener falschen, hoffnungslosen Freudigkeit, die dem Lächeln müder Artisten im Varieté gleicht, mit jener Freudigkeit, die wir hundertmal im Tage anlegen, als hätten wir uns vor einem Publikum zu verneigen. Er nahm von ihr einen stillen Abschied, wie ein überzeugter Selbstmörder von einem geliebten und verachteten Leben.

Er ging die Rue de Berri entlang, in der sie wohnte, erreichte die Champs Elysées und befand sich außerhalb dieser Menschen, die er dennoch mit dem Ärmel streifte. Als stünde er wie ein Bettler jenseits der Welt und sähe sie nur durch eine harte, undurchdringliche, in all ihrer Freundlichkeit bedrohliche Fensterscheibe.

Es war ein heller Nachmittag, die kleinen Automobile liefen wie Kinder über die breiten Straßen, verspielt, heiter, lärmend. Da gingen die schönen alten Herren, helle Handschuhe an den Händen, helle Gamaschen an den Füßen – und im übrigen waren sie dunkel gekleidet und feierlich und zugleich lebenslustig. Sie gingen in den Bois de Boulogne, um dort ihren fröhlichen, einem zweiten Morgen gleichen Lebensabend zu verbringen. Da gingen die kleinen Mädchen, die gesitteten, reifen, klugen Weltstadtkinder, die ihre Mutter an der Hand führen und mit der zierlichen Sicherheit der Damen über das Pflaster wandern, zauberhafte Wesen zwischen Tier und Prinzessin. Da saßen auf den Terrassen die erwachsenen Damen, zwischen roten Lippen gelbe Halme wie dünne Flöten. Die Welt lag hinter Glas, wie in einem Museum alte und wertvolle Teppiche, um deren Zerfall man zittert.

Tunda begegnete dem Freund des großen Dichters, denn es war die Zeit, in der in Paris die Angehörigen einer bestimmten Gesellschaftsschicht die Champs Elysées bevölkern – wenn mit dem Wort bevölkern der Spaziergang dieser Damen und Herren bezeichnet werden darf.

Es war, als würde sie jemand führen, wie man Tiere in den Zoologischen Gärten oder in den Menagerien zur bestimmten Zeit des Tages herumführen mag; es war, wie man Museen für einige Stunden in der Woche öffnet und den Anblick seltener und alter Kostbarkeiten freigibt.

Wer dirigierte diese Menschen? Wer legte sie aus, in diesem Museum, das Champs Elysées genannt war, wer hieß sie herumgehen und sich drehen wie Mannequins? Wer führte sie in die Salons der Präsidenten und bei den Tees der schönen Frauen zusammen? Wie kamen die großen Dichter zu ihren Freunden und diese zu den großen Dichtern? Wie kam der Herr de V. zu dem Präsidenten?

Es waren keine Zufälle, es waren Gesetze.

Ach, was trieben sie nicht alles! Manchmal kamen sie Tunda vor wie Totenwürmer, die Welt war ihr Sarg, aber im Sarg lag niemand. Der Sarg lag in der Erde, und die Würmer bohrten Wege durch das Holz, bohrten Löcher, kamen zusammen, bohrten weiter, und einmal wird der Sarg ein einziges Loch sein – dahin die Würmer und der Sarg, und die Erde wundert sich, daß keine Leiche drin gelegen hat –

## XXIX

Eines Tages faßte Tunda den Entschluß, den würdigen Präsidenten um Hilfe zu bitten. Er hatte einige Wochen gezögert. Denn er wußte nicht, ob es besser war, dem alten Herrn, der wahrscheinlich seine eigenen Schritte sehr sorgfältig überlegte und sich selbst vielleicht niemals einen noch so geringen Fehler verziehen hätte, einen ausführlichen, wenn auch knappen, wirkungsvollen und höflichen Brief zu schreiben oder ihn zu besuchen.

Tunda erfuhr, daß alle seine Erlebnisse nicht ausreichten, um ihn in einer Welt, in der er nicht heimisch war, sicher zu machen. Auf einmal verstand er die Furchtsamkeit der Invaliden, dieser Invaliden, die im Fegefeuer des Krieges Augen, Ohren, Nasen und Beine verlieren und in der Heimat dem Befehl eines Dienstmädchens gehorchen, das sie vom „Eingang für Herrschaften“ verjagt. Er hatte Herzklopfen. Was er an Mut und an Lebenskraft jemals aufgebracht hatte, war nur die Folge bestimmter Situationen gewesen, und Feigheit war das Wesen des gezähmten Menschen.

Er schrieb einige Briefe und zerriß sie wieder. Er zwang sich, an die roten Nächte zu denken, an den flammenden Purpur seiner vergangenen Tage, an das gewaltige, unendliche, absolute Weiß des sibirischen Eises, an die gefährliche Stille der Wälder, die er durchwandert hatte und in denen nichts anderes hörbar war als der Atem des Todes, an den würgenden Hunger, der in seinen Eingeweiden gefressen hatte, an seine gefährliche

Flucht und an jenen Tag, an dem er ohnmächtig über den Rücken eines galoppierenden Pferdes gehängt war, an jenen Augenblick, in dem er das Bewußtsein verlor und der so war wie ein jäher, aber dennoch langsamer Fall in eine schwarzrote Schlucht aus Weichheit, Entsetzen und Tod. Aber keine Erinnerung half. Denn die Gegenwart ist tausendmal stärker als die stärkste Vergangenheit – – und er verstand den Schmerz der Menschen, die vor zehn Jahren eine gefährliche Operation heroisch überstanden haben und heute an einem Zahnschmerz zugrunde gehen.

Er entschloß sich, den Herrn Präsidenten aufzusuchen. Er hatte sich nicht angekündigt, und es war ihm, als er vor der Tür stand, ein Trost, zu denken, daß er die ersten zwei Minuten mit der Entschuldigung seines plötzlichen Besuches ausfüllen konnte. Darauf würde der Präsident sicherlich mit gewohnter und gleichsam meisterhaft gehandhabter Herzlichkeit erwidern, es sei ihm gerade sehr angenehm, daß Tunda ihn aufsuche. Dann würde Tunda den Mut aufbringen, ihn zu enttäuschen.

Der Herr Präsident war zu Hause, und er war allein. Wiederum bewunderte Tunda die präzise, die ahnungslose und unerbittliche Maschinerie des Zeremoniells, das keinen Augenblick stockte und das sich um den Zweck seines Besuches nicht kümmerte, ihn die Ehren genießen ließ, die nur einem Unabhängigen, Stolzen, Freien gebühren. Ebenso zuvorkommend wie der Diener ihn heute noch behandelte, ebenso unerschütterlich würde er ihn morgen abweisen, wenn er endgültig und allen sichtbar in die traurige Kategorie der vergeblichen Bittsteller gesunken war. Es gibt keine Ausnahmen. Tunda dachte an das Gesetz, von dem einmal der angeheiterte Fabrikant gesprochen hatte. Man hat schon längst den Ausbruch aus seiner Klasse, seinem Stand, seiner Kategorie vollzogen, aber das Zeremoniell weiß noch nichts davon, und ehe es einen Aufstieg oder einen Absturz zur Kenntnis genommen hat, kann dieser und jener nicht mehr wahr sein. Tunda war wie einer, der aus einer durch Erdbeben vernichteten Stadt kommt und von den Ahnungslosen so empfangen wird, als käme er geradewegs aus einem fahrplanmäßig eingelaufenen Zug.

Erschienen ihm aber Vorzimmer und Diener noch wie in alten Zeiten – wie hatten sich die wenigen Wochen zu Dezennien plötzlich ausgedehnt! –, so empfand er im Anblick des Herrn Präsidenten doch die ganze Veränderung seiner Lage. Denn die Besitzenden, die Ruhigen, die Sorglosen, ja, auch nur die mäßig Versorgten entwickeln einen Abwehrinstinkt gegen jeden Einbruch in ihre geschützte Welt, sie scheuen auch nur die Berührung mit einem Menschen, von dem sie eine Bitte erwarten dürfen, und ahnen die Nähe der Hilflosigkeit mit jener Sicherheit, die den Tieren der Prärie vor einem Waldbrand zu eigen wird. Der Herr Präsident hätte die ganze Veränderung in Tundas Lage erraten, und wenn er ihm bis dahin als ein Millionär und Klubgenosse des Citroën bekannt gewesen wäre, in dem Augenblick hätte er sie erraten, in dem sich ihm Tunda näherte, um ihm seine Armut einzugestehen – – der Präsident hätte sie erraten, dank der prophetischen Gabe, die den Besitz, die Wohlgeborgenheit, die Bürgerlichkeit begleitet wie der Schäferhund den blinden Bürstenbinder.

Des Präsidenten Adel verwandelte sich in Furcht, seine Zurückhaltung in Strenge, seine Vorsicht in Verdrossenheit. Ja, sogar seine Schönheit war einer billigen, äußerlichen, leicht erklärbaren Eitelkeit gewichen. Sein schöner silberner Bart war das Ergebnis eines Kammes und einer Bürste, seine glatte Stirn ein Abzeichen des gedankenlosen und bequemen Egoismus, seine gepflegten Fingernägel eine Art soignierter Krallen, sein Blick der Ausdruck eines glatten, gläsernen Auges, das die Bilder der Welt nicht anders aufnahm als ein Spiegel.

„Es geht mir schlecht, Herr Präsident!" sagte Tunda.

Der Präsident machte ein noch ernsteres Gesicht und wies auf einen bequemen ledernen Sessel, wie ein Arzt, bereit, zu horchen und mit jenem freudigen Interesse zu hören, mit der Ärzte eine Krankheitsgeschichte vernehmen, weil es ihr Studium auf jeden Fall fördern kann. Er saß da wie der Ewige, im Schatten wie in einer Wolke, während auf Tunda durch das Fenster ein breiter Sonnenstreifen fiel, so daß seine Knie beleuchtet waren und das Licht vor ihm stand wie eine goldene durchsichtige Wand, hinter welcher der Herr Präsident saß und hörte oder auch nicht hörte.

Dann aber geschah das Merkwürdige, daß der Herr Präsident aufstand – die Wand aus gläsernem Gold war bis zu ihm vorgerückt, er durchbrach sie, da wurde sie ein goldener Schleier, der sich seinen Körperformen anpaßte, auf seiner Schulter lag und ein paar weiße Haarschuppen auf seinem blauen Anzug sichtbar machte. Der Präsident stand, menschlich geworden, streckte Tunda die Hand entgegen und sagte: „Vielleicht kann ich was für Sie tun."

## XXX

Tunda ging durch die heiteren Straßen mit der großen Leere im Herzen, wie sie ein entlassener Sträfling auf seinem ersten Gang in die Freiheit fühlt. Er wußte, daß der Präsident ihm nicht helfen konnte, auch wenn er ihm die Möglichkeit verschaffte, zu essen und einen Anzug zu kaufen. Ebensowenig macht man einen Sträfling frei, wenn man ihn aus dem Gefängnis entläßt. Ebensowenig macht man ein elternloses Kind glücklich, wenn man ihm einen Platz im Waisenhaus sichert. In dieser Welt war er nicht zu Hause. Wo war er es? In den Massengräbern.

Das blaue Licht brannte auf dem Grab des Unbekannten Soldaten. Die Kränze dorrten. Junge Engländer standen da, die weichen, grauen Hüte in den Händen und die Hände auf dem Hintern. Aufgebrochen aus dem Café de la Paix waren sie, das Grabmal zu sehn. Ein alter Vater dachte an seinen Sohn. Zwischen ihm und den jungen Engländern war das Grab. Tief unter den beiden lagen die Gebeine des Unbekannten Soldaten. Der Alte und die Jungen reichten sich über das Grab hinweg die Blicke. Es war ein stilles Einverständnis zwischen ihnen. Es war, als schlössen sie einen Pakt, den toten Soldaten nicht gemeinsam zu beklagen, sondern gemeinsam zu vergessen.

Tunda war schon einigemal an diesem Denkmal vorübergegangen. Immer umstanden es Touristen, die Reisehüte in der Hand – und nichts kränkte ihn mehr als ihre Ehrenbezeugung. Es war, wie wenn Weltenbummler, die auch noch fromm sind, während eines

Gottesdienstes eine berühmte Kirche besichtigen und, den Reiseführer in der Hand, vor einem Altar niederknien, aus Gewohnheit und um sich nichts vorwerfen zu müssen. Ihre Andacht ist eine Lästerung und ein Lösegeld für ihr Gewissen. Nicht dem toten Soldaten zu Ehren, sondern den Überlebenden zur Beruhigung brannte das blaue Flämmchen unter dem Arc de Triomphe. Nichts war grausamer als die ahnungslose Andacht eines überlebenden Vaters am Grabe seines Sohnes, den er geopfert hatte, ohne es zu wissen. Manchmal war es Tunda, als läge er selbst dort unten, als lägen wir alle dort unten, die wir aus einer Heimat auszogen, fielen, begraben wurden oder auch zurückkehrten, aber nicht mehr heimkehrten – denn es ist gleichgültig, ob wir begraben oder gesund sind. Wir sind fremd in dieser Welt, wir kommen aus dem Schattenreich.

Nach einigen Tagen ließ ihn der Herr Präsident kommen.

Zwischen beiden war nunmehr die Distanz, die zwischen dem Helfer und dem Hilflosen besteht, eine andere Distanz als die zwischen dem Älteren und dem Jüngeren, dem Heimischen und dem Fremden, dem Mächtigen und dem zwar Schwachen, aber Selbständigen. In den Blicken des Präsidenten lag zwar keine Geringschätzung, aber auch nicht mehr jene stille Bereitschaft zur Hochachtung, die noble Menschen für jeden Fremden übrig haben, die Gastfreundschaft der Vorurteilslosigkeit. Vielleicht war Tunda sogar seinem Herzen nähergekommen. Aber sie waren nicht mehr gleich Freie. Vielleicht hätte der Alte von nun an sogar eines seiner Geheimnisse Tunda anvertraut; aber nicht mehr eine seiner Töchter.

„Ich habe etwas gefunden“, sagte der Präsident. „Da ist der Herr Cardillac, dessen Tochter eine Reise nach Deutschland unternimmt und die ein wenig Konversation braucht. Man sucht ja gewöhnlich bei solchen Gelegenheiten ältere Damen auf, die aus dem Elsaß stammen. Aber ich bin prinzipiell gegen diese Art Lehrerinnen, weil sie zwar die Sprache beherrschen, aber ein ganz anderes Gebiet der Sprache – nicht dasjenige, das eine junge Dame aus reichem Hause nötig hat. Es fehlt diesen Lehrerinnen an den nötigen Vokabeln. Dagegen dachte ich, daß ein junger Mann von guter Erziehung, von Welt, von Kenntnissen, von allerhand Erfahrung“ (die Zahl der Tugenden Tundas wuchs zusehends) „gerade die richtige und notwendige Sprache führt. Es wird sich darum handeln, der jungen Dame auch von den Zuständen des Landes zu erzählen, in das sie jetzt fährt, ohne Kritik natürlich und ohne in ihr Vorurteile zu erwecken. Diese Vorurteile wären um so schlimmer, als Herr Cardillac, der, unter uns gesagt, gar nicht so heißt, Verwandte, entfernte Verwandte allerdings, in Deutschland besitzt, in Dresden und Leipzig, wenn ich nicht irre.“

Als bedürfte ein Präsident, der sich für den europäischen Frieden einsetzte, Hochachtung für Deutschland bezeugte, als bedürfte ein solcher Präsident der Erklärung dafür, daß er einen Herrn Cardillac kenne, der deutsche Verwandte besitzt, sagte der alte Herr:

„Herrn Cardillac kenne ich nicht genau, er selbst ist mir vor einigen Jahren empfohlen worden, von einer alten Mailänder Familie, die weltbekannte Kachelöfen und weitverbreitete Nippesgegenstände erzeugt. Herr Cardillac ist ein wohlsituierter Mann, er beschäftigt sich, glaube ich, mit Kunsthandel, seine Beziehungen sind zwar mehr geschäftlicher als gesellschaftlicher Natur, aber Sie wissen ja, mein lieber Herr“ (er sagte wieder: mein lieber Herr), „wie nach dem Krieg geschäftlich und gesellschaftlich identische Begriffe geworden sind –“ Und der Herr Präsident versank für einige Augenblicke in Schweigen, in eine Erholungspause, um sich von dem Schock, den er sich durch die Feststellung der Identität von gesellschaftlich und geschäftlich selbst zugefügt hatte, zu kurieren.

Er wollte zwar den Frieden unter den Nationen, aber er verstand darunter den Frieden einiger gesellschaftlicher Schichten, er hatte zwar keine Vorurteile, er kam sich wie der fortschrittlichste Mensch der gebildeten Welt vor, aber die Kategorien, die er sich geschaffen hatte, lagen festgegründet gerade auf den Vorurteilen, die er ablehnte. Mit denen, die man „Reaktionäre“ nennt, hatte der Präsident die Fundamente gemein, nur war sein Haus luftiger, es hatte mehr Fenster, mußte aber in dem Augenblick zusammenbrechen, in dem man das Fundament anrührte. Gewiß schämte er sich seiner Bekanntschaft mit

Herrn Cardillac. Daß er von diesem Herrn sprechen mußte, war ihm unangenehm. Vielleicht wäre es ihm ebenso leichtgefallen, Tunda einem andern und höher gestellten Fräulein zu empfehlen. Aber so hoch stand Tunda nicht mehr in seinen Augen, seitdem er ihn um Hilfe gebeten hatte.

## XXXI

So kam Tunda in das Haus des Herrn Cardillac.

Er hatte nie ein größeres Haus gesehen. Es erschien ihm noch geräumiger, als es war, weil er es nicht ganz kennenlernte, weil er immer wieder nur Teile, Bruchstücke des Hauses zu sehen bekam, er kannte dieses so wenig, wie man ein Lexikon kennt, aus dem man nur von Zeit zu Zeit einen bestimmten Band herausgreift, um ein bestimmtes Wort zu suchen.

Am stärksten interessierte ihn Fräulein Pauline, mit der er Konversation zu führen hatte. Achtzehnjährig, braun, von dem Teint, den man vom Balkan her kennt – Herr Cardillac kam aus dem südlichen Rumänien –, dem Teint, der an die Farbe von Meteorsteinen erinnert und aus Eisen, Wind und Sonne zu bestehen scheint, mit abfallenden, schmalen, ärmlichen und mitleiderweckenden Schultern, mit weichen und sanften Hüften, denen einmal eine gefährliche, entstellende Breite drohte – erschien Pauline würdig eines besseren Vaters, als es der ihrige war, und eines reicheren, satteren Lebens, als sie führte. Es war eine der verhängnisvollen Neigungen Tundas, mit den hübschen Frauen Mitleid zu haben. Ihre Schönheit schien ihm nur der berechtigte Lohn für ihren Wert zu sein, er konnte sich nicht daran gewöhnen, zu denken, daß die Schönheit eines weiblichen Körpers kein Überfluß, keine Gnade, kein Luxus ist, etwa wie das Genie eines männlichen Geistes, sondern das selbstverständliche Werkzeug ihrer Existenz, wie ihre Gliedmaßen, ihr Kopf, ihre Augen. Ihre Schönheit ist das einfache, ja, das primäre Abzeichen einer Frau, wie die Brust ein Organ ihrer Geschlechtlichkeit und ihrer Mütterlichkeit. Die meisten Frauen sind schön – ebenso wie die meisten Menschen keine Krüppel sind. Tunda aber verblüffte jede Schönheit in dem Maße, daß er eine Erklärung für sie in einem nicht genügend gewürdigten Verdienst ihrer Trägerin zu suchen geneigt war. Am Anfang seiner Liebe stand immer das Mitleid – neben dem Zwang, eine himmelschreiende Ungerechtigkeit aus der Welt zu schaffen.

Zuerst also überschätzte er Pauline. Es bereitete ihm ein Vergnügen, zu sehen, wie sie ins Zimmer trat, in dem er sie erwartete, wie sie einen Augenblick lang einen Spalt der Tür offen ließ, die in ihr Zimmer führte und das mit unbeschreiblichen, gestaltlosen, rein atmosphärischen Kostbarkeiten gefüllt zu sein schien. Es freute ihn, zu sehen, wie sie mit graziöser Hilflosigkeit den Arm hinter den Rücken steckte, um die Tür, deren Klinke sich in der Höhe ihres Kopfes befand, zu schließen – sie tat es wie etwas Verborgenes, Gefährliches und nur ihnen beiden Bewußtes, so, daß es jedesmal einen Augenblick aussah, als hätten sie hier eine verbotene Zusammenkunft. Ihre dünnen Hände, die kaum etwas zu halten wagten, waren kühl, von einer zarten, nur zögernd verblassenden Röte, die ständig an die jüngst verflossenen Backfischjahre Paulines erinnerte. Sie gebrauchte diese Hände vorsichtig, als wären es geliehene kostbare Gliedmaßen; ungefähr wie junge Vögel ihre Flügel, so empfand Pauline ihre Hände. Sie streckte den Arm zu weit aus, oder sie hielt den Ellenbogen zu ängstlich an die Brust gepreßt, sie hatte noch nicht Übung im Abschätzen der Distanzen. Es gefiel Tunda die Viertelbogenrundung am Profil des gesenkten Kinns und der weiße, weiche Flaum, der über dem ganzen braunroten Angesicht gebreitet war, eine Art silbernes Moos der Jugend und der Schönheit.

Dennoch wußte er immer, daß dieses Mädchen, so jung und klein es auch noch war, ebenso wie die Großen aus einer Welt kam, die er verachtete und die ihre Schönheit nicht verdiente. Von welchen Menschen kam sie, zu welchen Menschen fuhr sie? Ihre Tage und Nächte waren ausgefüllt mit den schmählichen und lächerlichen Gedanken, Reden, Erlebnissen und Bewegungen dieser Menschen. Sie fuhr mit ihnen spazieren, besuchte Bälle, Berge und Badeorte, verliebte sich in sie, spielte und tanzte mit ihnen, heiratete einen von ihnen und gebar Kinder, die ihnen allen glichen. Grund genug, sie zu verachten! Grund genug, zu denken, daß die Natur, blind wie sie ist, auch die Frauen dieser widernatürlichen Kaste schön macht, wie sie ihre Männer gesund wachsen läßt. Ähnlich wie ein Mönch, der in die Gefahr gerät, an einer Frau Gefallen zu finden, dieser Gefahr entgeht, dank der unnatürlichen, aber unfehlbaren Methode, die Frau von ihren Reizen zu subtrahieren, so begann Tunda, Pauline zu ihrer Welt zu addieren. Bald fand er in der Tiefe ihrer hurtigen, koketten und stets besonnten Augen, in der anatomisch nicht festzustellenden, medizinisch nicht benannten Tiefe, eine stumpfe Wand, an der die Bilder der Welt traurig zerschellten.

Er fand in den glatten und gepflegten Zügen die kalte Dummheit, die so ähnlich ist der lieblichen Gutmütigkeit, der herzlichen Grazie, der ahnungslosen Lebensfreude, diese trostlose, entzückende, elegante Dummheit, die sich des Bettlers am Straßenrand erbarmt und mit jedem ihrer leichten Schritte tausend Leben zertritt.

Es war ein reiches Haus. Die jungen Leute, die dort verkehrten, kannten sich in den Tattersalls und auf den internationalen Sportplätzen ebensogut aus wie ihre Väter auf den Juwelenbörsen zwischen Bukarest und Amsterdam. Aber ebenso wie an leichter Farbenblindheit Kranke für einen Teil der Farbenskala keine Empfindung haben und Violett von Blau und Blau von Dunkelgrün schwer oder gar nicht unterscheiden können, so fehlte diesen jungen Leuten der Sinn für Schönheit, Häßlichkeit, Natürlichkeit, Unnatur, Annehmlichkeit und Ekel bestimmter Situationen und bestimmter „Zustände“. Ja, dergleichen hatten sie überhaupt nicht. Am meisten wunderte sich Tunda darüber, daß sie, die doch von der Natur begeistert und mit ihr verbündet zu sein vorgaben und es auch glaubten, von den wechselnden Launen der Natur gar nicht berührt wurden, daß sie an trüben und kühlen wie an warmen und heiteren Tagen die gleiche Physiognomie des Gemüts aufwiesen, daß sie in gewittriger Schwüle wie in frischer Nachregenzeit, am Mittag, bei Auf- und Untergang der Sonne sich immer in jener heiter-festlichen, hastigen und etwas verschwitzten Stimmung befanden, wie sie bei Tennisturnieren Teilnehmer und Ballaufklauber beherrscht. Im Smoking wie im

Sporthemd waren sie die gleichen. Mit starken, weißen, breiten und wie eine Reklame für Kalodont wirkenden Zähnen, die sie entblößten, statt zu lächeln, mit breitwattierten Schultern und schmalen Taillen, mit großen, muskulösen und von jedem Tastgefühl gesäuberten Händen, mit bunten und dünnen Katzenschleifchen am Hals, mit sauber geschnittenem gutgepflegtem Haar, das seine Farbe niemals zu verlieren versprach, massiert, geduscht und jeden Augenblick wie aus Seebädern gestiegen, kamen ihm die jungen Männer wie eine Art großstädtischer, gezähmter und auf dem Korso gehaltener Raubtiere entgegen, für deren Unterhalt der Magistrat zu sorgen hatte. Sie sprachen mit schallenden Stimmen, in den Mundhöhlen entstand schon das Echo. Höflichkeitsphrasen, wie sie in den billigsten Führern zu einem guten Benehmen stehen, sagten sie mit unerschütterlichem Ernst auf. Von allen Gebieten des menschlichen Lebens wußten sie zu sprechen, in dem Ton, in dem die mondänen Zeitschriften auf den letzten Seiten und im kleinsten Druck, nachdem die Moden der nächsten Saison absolviert sind, pflichtgemäß von Politik, Literatur und Finanzen berichten. Über Maschinen und Automobile unterhielten sich die jungen Leute in der Sprache der Inserate. Überhaupt schienen sie ihren Stil aus den Anzeigenteilen der Zeitungen zu beziehen. Immer wußten sie Bescheid – und was sie von Dingen und Zuständen sagten, traf Dinge und Zustände ungefähr so, wie die Aufnahme eines fliegenden Photographen im Park die Physiognomie eines unruhigen Brautpaares.

Die weiblichen Mitglieder dieser Gesellschaft führten ein frohgelauntes Leben in dünnen, bunten, leichten und kostbaren Kleidchen. Sie gingen auf tadellos geformten Beinen, in Schuhen von überraschendem, ja, manchmal exzentrischem Schnitt über das Pflaster, lenkten Automobile, galoppierten auf Pferden, kutschierten leichte Wägelchen, und Claude Anet war der Autor ihres Herzens. Sie tauchten niemals einzeln oder zu zweit auf, sie formierten sich, den Zugvögeln ähnlich, in Schwärmen, und sie waren alle gleich schön, wie Vögel. Untereinander mochten sie sich wohl durch bestimmte Kleider und Schleifen, durch die Verschiedenheit einiger Haarfärbemittel und Lippenstifte unterscheiden. Dem

Außenstehenden aber waren sie Kinder derselben Mutter, Schwestern von verblüffender Gleichheit. Daß sie verschiedene Namen trugen, war ein Irrtum der Behörden.

Übrigens hatten die meisten englische Vornamen. Man hatte sie – und das war vollkommen gerecht – nicht nach Heiligen genannt und nicht nach Großmüttern, sondern nach Heldinnen amerikanischer Filme oder englischer Salonlustspiele. Nichts fehlte ihnen mehr zur Übernahme bestimmter Rollen. So, wie sie ins Zimmer traten, eine Wolke von Duft und Schönheit vor sich herwehend und um sich verbreitend, konnten sie eine Bühne betreten oder sich in agierende Schatten auf einer Leinwand verwandeln. Es war selbstverständlich, daß sie, die so lebendig waren, nicht lebten. Tunda empfand sie nicht als Wirklichkeiten, ebenso wie man die Girls auf den Varietébühnen, weil sie so unwahrscheinlich gleichartig, schön und zahlreich sind, trotz ihrer körperlichen Lebhaftigkeit, ihrer fleischlichen Tugenden, dennoch wie eine Art Wachtraum empfindet, eingeschaltet zwischen Amüsiernummern, Folgen einer hypnotischen Suggestion. Alle diese Mädchen erschienen Tunda wesenlos, wie Photographien in illustrierten Zeitungen. Es war, wenn sie ihm entgegenkamen, als hätte er sie aufgeblättert. In Wirklichkeit waren sie ja auch die anmutigen Objekte der illustrierten Zeitungen. Sie waren ja die größere Hälfte der mondänen Welt, im Winter (strahlend weiße Wolle an den Körpern) im blendenden Schnee von St. Moritz rodelnd, im Februar blumenbekränzt auf dem Faschingskorso in Nizza, im Sommer nackt an den Ufern der Meere, im Herbst heimkehrend und mit neuen Hüten die Wintersaison eröffnend.

Sie waren alle schön. Sie besaßen die Schönheit einer Gattung. Es schien, als hätte ihr Schöpfer eine große Quantität Schönheit an alle gleichmäßig verteilt, aber sie reichte nicht aus, um sie untereinander zu differenzieren.

## XXXII

Dachte Tunda an Irene, so erschien sie ihm ebensoweit von dieser sorglosen und anmutigen Welt entfernt wie er selbst. Man kann ein solches Verhältnis „romantisch" nennen. Es scheint mir, daß dies der einzige Begriff ist, der heute noch Berechtigung hat. Es scheint mir, daß zwischen der Qual, diese Wirklichkeit, diese unwahren Kategorien, seelenlosen Begriffe, ausgehöhlten Schemata zu ertragen, und der Lust, in einer Unwirklichkeit zu leben, die sich selbst bekennt, keine Wahl mehr sein kann. Zwischen einer Irene, die Golf spielt und Charleston tanzt, und einer, die nicht einmal polizeilich registriert ist, vor die Wahl gestellt, entschied sich Tunda für die zweite. Was aber gab ihm das Recht, eine Frau zu erwarten, die anders war als alle, die er sah? Als Frau G. zum Beispiel, die er doch einen Abend lang geliebt hatte, das ferne Abbild der fernen Irene? – Nur die Tatsache, daß er sie versäumt hatte; daß er auf dem Wege zu ihr, von einem fremden Schicksal wie von einem Wind ergriffen, in andere Gegenden getragen worden war, in andere Jahre, in eine andere Existenz.

Es war das letzte Mal, daß er zu Pauline kam. Ihre Koffer standen halbgefüllt und immer offen in ihrem Zimmer. Sie fuhr endlich nach Dresden. Tunda sprach mit ihrem Vater. Herr Cardillac saß auf einem Stuhl, der ihn nicht ganz fassen konnte, er ragte über den Sitz hinaus und über die Lehne, obwohl er nicht etwa allzuviel Fett oder Fleisch besaß, sondern eher muskulös als dick war, eher gedrungen als kolossal. Er war klein, er stand auf kurzen Beinen sehr fest, unerschütterlich, wie ein eiserner Gegenstand, sein Nacken war rot und hart, sein Hals kurz, seine Hände breit, aber seine Finger, als hätte er sie erst spät anfertigen lassen, von einer gewissen Grazie. Sie machten ihn beinahe sympathisch, wenn sie ungezogen auf dem Tische trommelten oder die Knöpfe der Weste abtasteten oder zwischen Hals und Kragen krochen, um den steifen Hemdsaum zu lockern. Ja, Tunda fand Herrn Cardillac sogar erträglich. Die ältere Generation konnte er überhaupt besser leiden. Ein Sohn des Herrn Cardillac wäre ihm unerträglich gewesen. Der Vater aber hatte noch, wenn er sich für kurze Augenblicke vergaß und schwach wurde, die sympathische, biedere, eigentlich mitleidheischende Armut des arbeitenden Mannes, die einer Vorurteilslosigkeit gleich ist und der Güte nahekommt. Seine simple Ehrlichkeit lag begraben, aber fühlbar unter einer Schicht von anerzogenen Manieren, schwer erworbenen und schwer erhaltenen Hemmungen, unter mühsam aufgeschichteten Verteidigungsschanzen aus Stolz, Selbstbewußtsein und nachgeahmter Eitelkeit. Wenn man aber Herrn Cardillac ins Auge sah – er trug eine Brille, ohne weitsichtig zu sein und nur um sein nacktes Auge zu maskieren, über dem die Brauen ausgegangen waren –, wenn man gleichsam mit einem vertrauten Blick diese Brille abnahm und also Herrn Cardillac entkleidete – dann geschah es, daß er mit leiser Stimme von seiner harten Jugend zu sprechen begann und nur wenig log. In dem Augenblick aber, in dem die Rede auf das Allgemeine geriet, wurde Cardillac offiziell, und es war, als hätte er das Mandat, die Gesellschaft zu vertreten, deren Stütze er war und die ihm seine angenehme Lage ermöglichte.

Tunda unterhielt sich also mit Herrn Cardillac, er war sogar ein bißchen wehmütig, da er sein Haus verlassen sollte. Cardillac lud ihn ein, im Winter wiederzukommen. Er gebe kleinere und wohl auch größere, aber meist intime Gesellschaftsabende, bei denen junge Männer immer gerne gesehen würden. Sie schüttelten sich die Hände, Tunda nahm einen Scheck entgegen, verabschiedete sich von Fräulein Pauline und ging.

Vor dem Haustor stand ein Auto, der Motor sang noch, der Chauffeur machte die Tür auf, und eine Dame trat heraus. Sie war schlank, blond, grau gekleidet. Tunda sah mit einem Blick die schmalen Schuhe, graues, glattes Leder, die den Fuß sanft umspannten, sah den dünnen, gleichsam blühenden Strumpf, diese künstliche und doppelt erregende Haut des Beins, er umklammerte mit beiden Augen, wie mit zwei Händen, die schmalen lockeren Hüften. Die Frau kam immer näher, und obwohl vom Rand des Bürgersteigs bis zur Schwelle des Hauses, auf der er stand, kaum drei Schritte zurückzulegen waren, schien es ihm, als dauerte ihr Weg eine halbe Ewigkeit, als ginge sie zu ihm, geradewegs zu ihm und nicht in das Haus und als hätte er schon seit Jahren auf diesem Fleck diese Frau erwartet.

Ja, sie kam heran, er sah in ihr schönes, stolzes, geliebtes Gesicht. Sie erwiderte seinen Blick. Sie sah ihn an, ein bißchen unwillig und ein bißchen geschmeichelt, wie Frauen im Vorübergehen den Spiegel eines Restaurants oder einer Treppe sehen, vergnügt, festzustellen, wie schön sie sind, und die Billigkeit des Glases verachten, das dennoch nicht imstande ist, ihre Schönheit wiederzugeben. Irene sah Tunda und erkannte ihn nicht. Eine Wand stand in der Tiefe ihres Auges, eine Wand zwischen Netzhaut und Seele, eine Wand in ihren grauen, kühlen, unwilligen Augen.

Irene gehörte zur anderen Welt. Sie ging zu den Cardillacs. Sie fuhr mit Fräulein Pauline nach Dresden. Sie lebte gesund und glücklich, spielte Golf, badete an den sandigen Ufern der Meere, hatte einen reichen Mann, empfing und gab Gesellschaften, gehörte Wohltätigkeitsvereinen an und hatte ein gutes Herz. Tunda aber erkannte sie nicht.

## XXXIII

Tunda bekam einen dicken Brief, endlich den ersten Brief von Baranowicz.

Er hatte einige Umwege gemacht, war von Berlin zu Georg gegangen, es war ein weitgewanderter Brief, drei Monate hatte er gebraucht. Es schien, daß er unterwegs zugenommen hatte.

Baranowicz dankte für das Geld, er war bereit, es zurückzuschicken und noch etwas dazu. Denn er hatte glänzende Geschäfte gemacht, einen Teil seines Grundstückes hatte ihm der Staat abgekauft, die Erde enthielt kostbare Minerale. Man sprach von Platin. Außerdem würde in einem halben Jahre eine neue wissenschaftliche Expedition abgehen, mit Baranowicz als Führer durch die Taiga. Hätte Tunda Lust, so könnte er mitkommen. Baranowicz hatte schon Vorschuß für allerhand Ausrüstungen bekommen.

Dann kam ein Abschnitt, der Tunda ein wenig überraschte. Er lautete:

„Fast hätte ich das Wichtigste vergessen:

Vor zwei Monaten kam eine Frau bei mir an, es taute schon, und die Tage wurden länger, eine Frau wie ein Vogel. Sie stellte sich als meine Schwägerin vor, sie kam vom Kaukasus her, mit vielen Pelzen und Deiner Photographie als Beweis, drei Wochen hatte sie gebraucht. Ein Pelzhändler aus Omsk brachte sie, Du hättest ihr Geld geschickt, sagte sie. Und zu mir kam sie, weil ich ihr einziger Verwandter in der Welt wäre – und ihr Onkel, ein Töpfer, sei gestorben.

Sie heißt Alja und ist den größten Teil des Tages stumm.

Ich lasse sie wohnen, mache ihr ein Bett, und so lebt sie neben mir. Wir sprechen selten, und ich frage sie nicht, was sie ohne Dich machen wird. Sie spricht sehr schlecht russisch, wenn sie überhaupt den Mund aufmacht.

Wenn ich mich recht darauf verstehe, ist sie schön.

Ich kann ihr auch Geld geben, wenn Du willst, daß sie zu Dir kommt. Ich kann sie aber auch behalten. Mir ist es gleich! Schreibe mir, Irkutsk postlagernd. Jeden Monat holt Isaak Gorin, der Grammophonhändler, meine Post ab.

Ich hab ihm auch ein Grammophon abgekauft, und die Frau, die Deine Frau zu sein angibt, hört gern zu. Manchmal weint sie auch. Vielleicht weint sie um Dich, denke ich so – und dann können mir auch die Tränen kommen.

Jekaterina Pawlowna wollte ich schon einmal zu mir holen, aber sie geht nicht. Sie hat Geld erspart. Sie will nicht unter Wölfen sterben, sagt sie, sondern in der Stadt, unter Menschen.“

Tunda konnte also zurückkehren – zu Baranowicz, von dem er fortgegangen war, Irene zu suchen.

Er konnte zurückkehren. Seine Frau erwartete ihn schon.

Er sah das Gehöft seines Bruders, die zwei Hunde, Barin und Jegor, den großen kupfernen Kessel, in dem das Fleisch kochte, die Felle der Elentiere auf dem tiefen Bett, er hörte den Schlag der Uhr und das leise Ächzen, das sie vor jedem Schlag ausstieß, und das harte Klopfen der Rabenschnäbel auf dem Fensterbrett.

Aber er hatte keine Sehnsucht nach der Taiga. Hier, so schien es ihm, war sein Platz und sein Untergang. Er lebte vom Geruch der Fäulnis, und er nährte sich von dem Moder, er atmete den Staub der zerfallenden Häuser und lauschte mit Entzücken dem Gesang der Holzwürmer.

Er behält die Photographie Irenes, wie er sie jahrelang getragen hat. Sie liegt auf seiner Brust. Er geht mit ihr durch die Straßen. Auf dem Platz vor der Madeleine bleibt er stehen und sieht in die Rue Royale.

Damals traf ich Tunda.

## XXXIV

Es war am 27. August 1926, um vier Uhr nachmittags, die Läden waren voll, in den Warenhäusern drängten sich die Frauen, in den Modesalons drehten sich die Mannequins, in den Konditoreien plauderten die Nichtstuer, in den Fabriken sausten die Räder, an den Ufern der Seine lausten sich die Bettler, im Bois de Boulogne küßten sich die Liebespaare, in den Gärten fuhren die Kinder Karussell. Es war um diese Stunde, da stand mein Freund Tunda, zweiunddreißig Jahre alt, gesund und frisch, ein junger starker Mann von allerhand Talenten, auf dem Platz vor der Madeleine, inmitten der Hauptstadt der Welt und wußte nicht, was er machen sollte. Er hatte keinen Beruf, keine Liebe, keine Lust, keine Hoffnung, keinen Ehrgeiz und nicht einmal Egoismus.

So überflüssig wie er war niemand in der Welt.